目次

五重塔の骸　口入屋用心棒

第一章

一

稲妻が闇を切り裂く。

その一瞬だけ船上がくっきり見渡せた。

吹き荒れる風や、激しく打ちつけてくる波に抗《あらが》いながら、水夫《かこ》たちは懸命に働いている。

――なんとか近くの湊《みなと》にたどり着かなければならんが……。

いま光輪丸《こうりんまる》は越後《えちご》の村上《むらかみ》湊に向かっているが、先ほどまで望めていた陸地は闇に没している。目指す方角が合っているのか、それすらも、わからなくなっていた。

――まずいな……。

猪四郎《いのしろう》は、ぎりっ、と奥歯を噛《か》み締《し》めた。これまでに嵐に遭遇したことは何度かあるが、いずれも大した風ではなかった。

だが、今回の嵐は今まで経験したものとは比べ物にならないほど風が強い。びしびしと鞭打《むちう》つような雨が当たり、顔を上げていられないほどだ。

嵐如《ごと》きに負けていられるか、と昂然《こうぜん》と面を上げた猪四郎は水夫たちに、帆《ほ》を半《はん》帆《ぽ》にするよう命じた。

——このままだと折れちまうかもしれん。

危惧《きぐ》を抱いた猪四郎が、帆をたため、と命令したまさにそのとき、強烈な風が吹きつけ、帆柱が、ばきばきばき、と轟音《ごうおん》を上げて折れた。

——くっ、遅かったか……。

猪四郎はほぞを噛むしかなかった。

逃げ遅れた若い水夫が、折れた帆柱の下敷きになった。鉄三《てつぞう》という水夫が若い水夫を助け出そうとしたが、すぐさま歩み寄った猪四郎はそれを制した。

若い水夫は瀕死《ひんし》の重傷を負っており、すでに虫の息だ。どうやっても助からない。

「今はこの船のことだけを考えろ」

鉄三は不服そうな顔つきをしたが、猪四郎の言葉に従《したが》った。

なおも風が強くなり、波が光輪丸の垣立《かきたつ》を次々に越えてくる。

海水が至るところに溜《た》まっていき、喫水《きっすい》を深くする。船は上下左右に揺さぶられ、立っているのも難しい。

――荷を捨ててしまえれば、またちがうのだが……。

だが、荷物を海へ放り投げろ、と水夫たちに命じたところで、船がなぶりものにされているも同然の今、胴《どう》の間《ま》から荷を運び上げることすらできないだろう。

――もう駄目かもしれねえ。

猪四郎は観念しかけた。だが、この船を預《あず》かる船頭として、そうたやすくあきらめるわけにはいかない。

水夫たちに、入り込んだ水をかき出すように命じた。

だがそれももう無駄だった。今や垣立よりも遥かに高い大波が船を蹂躙《じゅうりん》しはじめたからだ。

水夫たちがいくら必死になったところで、胴の間近くは常に波をかぶっている状態だ。

これでよく浮いていると猪四郎は光輪丸の頑丈《がんじょう》さに感心したが、このままでは沈没は免《まぬが》れようがなかった。

水夫たちは今も愚直《ぐちょく》に水をかき出そうとしているが、猪四郎は完全にあきらめた。どんな手を打ったところで、光輪丸を救うことはできない。次に大波がやってきたら、この船は沈没する。

——この船を救う手立ては、もはや神頼みしかない。

神の加護《かご》にすがる以外、もはや奇跡が起きることはあり得ない。

神に祈ることで嵐を乗り越え、命からがら大坂《おおさか》に戻ってきた船を猪四郎は何艘《なんそう》か知っていた。

「皆の者、神に祈るんだ」

猪四郎は水夫たちに大声で呼びかけた。その声に応じ、這《は》うようにして水夫たちが船首に集まってきた。

「住吉大明神《すみよしだいみょうじん》、どうか我らをお守りください」

猪四郎は声を張り上げた。水夫たちが両手を合わせ、同じ言葉を口にする。

一人の若い水夫は御幣《ごへい》を手にしていた。だがそれも一瞬で強風に巻き上げられ、たちまち暗い空に消えていった。

それを目の当たりにして、神もついに見放したか、と猪四郎は下を向きそうになった。

――わしも今日でおしまいか……。

そのとき、一人の男が船首とは逆の方向に歩き出したのが視界の隅に入った。顔を上げた猪四郎は、あの男は、と見つめた。

――鉄三ではないか。

鉄三は三年ほど前に光輪丸に乗り組みはじめたが、気力旺盛《おうせい》で、いかにも精気《せいき》にあふれていた。異彩《いさい》を放つというのか、他の水夫とはずいぶんちがっていた。そのために猪四郎は、少しばかり目をかけていたのだ。

――あの野郎、こんなときに一人でどこに行くつもりだ。

祈りの言葉を口にしつつ猪四郎が見守っていると、這いつくばってなにかを探していた鉄三が踏立板《ふたていた》の上に座り、一片の木材を縄で縛りはじめた。そして縄のもう一方を自分の胸部にかたく巻きつける。

どうやら、船が沈没しても自分だけは助かろうという魂胆《こんたん》らしい。

――まだ、あきらめてねえのか。

死に直面しても、鉄三は冷静さを保っているように見えた。これまでどんな人生を歩んできたのか知らないが、腹の据《す》わりようがちがう。

――わしも、こんなところでくたばるわけにはいかねえ。

だがそのとき、一気に盛り上がった大波が崖《がけ》の如くそそり立ち、山崩れのように落ちてきた。

うおっ、と喉《のど》の奥から声が出た。どうすることもできず、猪四郎はその場に立ちすくむしかなかった。

大波が光輪丸を激しく叩《たた》いた。衝撃とともに、あっという間に波にさらわれた。

猪四郎は暗黒の渦《うず》に巻き込まれ、体が激しく回転した。海に引きずり込まれたのは解《かい》したが、それ以外はなにがなんだかわからなくなった。

それでも必死に手をかき、足を蹴り、体をよじり続けていると、周りが静かになり、波に揉《も》まれていないことに気づいた。

すぐに真っ暗な海中にいることが知れた。だが、このままでは息が続かず、溺《おぼ》れてしまう。

海面はどこだ。手足をじたばたさせていると、ふとなにか光が見えたような気がした。

――あれは……。

考えるまでもなかった。稲妻であろう。

――ならば、海面はあっちだ。

光が見えた方に向かって渾身《こんしん》の力で水をかいた。着物が手足に絡《から》みつき、ひどく重かったが、脱いでいる暇《ひま》などない。もがくようにして水をかき続けた。

どのくらい海中を泳いだか、いきなり腕から力が抜けるのを感じた。

気づくと、猪四郎は海面に顔を出していた。思い切り息を吸ったが、海水が口に入ってひどく咳《せ》き込んだ。

なんとか咳がおさまり、猪四郎は海水でしみた目をこじ開けて周りを見渡した。

どこにも光輪丸の姿はない。先ほどの大波で沈没したのか。

激しく上下する波に体を揺さぶられながらも猪四郎は、こんなところで死ねるか、と思った。きっと鉄三も同じ気持ちでいるだろう。

――やつは生きている。ならば、わしも……。

目の前に光輪丸の残骸か、五尺ほどの長さの板が流れてきた。素早く手を伸ばし、猪四郎はそれに、がしっとつかまった。

おかげで少しだけだが、体が楽になった。これにしがみついていれば、溺れ死ぬことはないだろう。

あとは、この嵐が通り過ぎるのを待つだけだ。嵐がおさまれば、陸地も見えてくるはずだ。

「た、助けてくれ」

すぐ近くから声がし、猪四郎は目を向けた。一人の水夫らしい男が、あえぎながら泳ぎ寄ってきていた。猪四郎がつかまっている板に、しがみつこうとする。

だがこの板には、二人を支えられるだけの浮力はない。

「触るなっ」

怒号《どごう》し、猪四郎は水夫を殴りつけた。がつっ、という音とともに水夫は水中に沈んだが、すぐにまた浮き上がってきて、必死の形相《ぎょうそう》で板に手を伸ばそうとする。

猪四郎は、護身用の匕首《あいくち》が入っている袂《たもと》に手を突っ込んだ。猪四郎が海に投げ出されたときも、袂からは飛び出さなかったようだ。

袂から取り出した匕首を抜き、鞘《さや》を荒れ狂う海へ投げ捨てた。猪四郎は目をかっと開き、水夫をにらみつけた。

「てめえ、どこかへ失《う》せやがれ。さもねえと、ぶっ殺すぞ」

またしても稲妻が光り、あたりを明るく照らし出した。次の瞬間、雷《かみなり》が落ち、耳が壊れるのではないかと思えるほどのすさまじい轟音が響き渡った。

その音に水夫は驚愕《きようがく》の表情になったが、すぐ我に返ったか、はっとして猪四郎を見た。なおも板にしがみつこうとする。

この野郎っ、と叫びざま、猪四郎は逆手《さかて》に握り直した匕首を、水夫の首に容赦《ようしゃ》なく突き刺した。

「ぎゃあああっ」

水夫が絶望の声を上げた。猪四郎が匕首を引き抜くと血が一気に噴き出し、がくりと海面にうつ伏せた。一瞬で波に吸い込まれ、姿が見えなくなった。

猪四郎が息をついたのも束《つか》の間《ま》、続けざまに二人の水夫が助けを求めてきた。

猪四郎はその二人にも容赦なく匕首を振るった。ぐえぇ、ぎゃああ、と悲鳴を上げた二人は血を流しつつ波間に消えていった。

猪四郎は返り血を浴びたが、それも雨と波が洗い流してくれるはずだ。

人を殺したのは初めてだったが、なんの感慨も湧《わ》かなかった。こんなにあっけなく、たやすいものだったとは。

——こんな嵐の中、生き延びようとあがくよりも、楽にしてやるほうがいい。

わしは功徳《くどく》を施《ほどこ》してやったんだ。

他の水夫が助けを求めて寄ってこないか、猪四郎は板にしがみつきながら闇に目を光らせ続けた。

二

外で油蟬《あぶらぜみ》が鳴いている。耳障《みみざわ》りな鳴き声だ。

相手がどんな殺し屋であろうと俺は必ず生き延びてみせる、と決意したものの、正直、厄介《やっかい》なことになったと珠吉《たまきち》は顔を歪《ゆが》めた。

鉄三が依頼したという殺し屋は、相当の腕利《うでき》きではないだろうか。そんな気がしてならない。

漠然《ばくぜん》とした不安が募《つの》ってくる。首や背中から粘《ねば》っこい汗が噴き出すのは晩夏《ばんか》の暑さのせいばかりではない。

半年後には隠居するというのに、死にたくない。それに女房のおつなを一人残して、あの世になんか行けない。一緒にお伊勢参《いせまい》りに行く約束をしているのだ。

——鉄三め、殺し屋がどこの誰なのか、いう前に逝《い》きやがって……。

鉄三が吐いた血が畳の上に血溜《ちだ》まりをつくり、ひどい悪臭を放っている。

血溜まりに顔を突っ込んで息絶えている鉄三を、珠吉は顔を近づけて見据えた。手を伸ばして首根っこをつかみ、目を覚ませ、と揺さぶりたいくらいだ。

だが、そうしたところで鉄三が生き返るはずもない。くそう、と珠吉は腹の中で毒づくしかなかった。

それにしても暑い。暑すぎる。血なまぐささも相まって神経を高ぶらせる。

それに加えて油蟬のうるささだ。黙りやがれっ、と怒鳴りたくなる。

「珠吉、どうかしたかい」

南町奉行所で定町廻《じょうまちまわ》り同心を務《つと》める樺山富士太郎《かばやまふじたろう》にきかれ、珠吉は面を上げた。案《あん》じ顔の富士太郎がじっと見ている。

いえ、といって珠吉は頰《ほお》を指先でかいた。

「やはり殺し屋のことが気になりまして、ちといらいらしちまいました」

無理もないよ、といって富士太郎がうなずいた。

「おいらも気持ちが焦《あせ》って仕方ないよ。なにしろ相手はその辺の破落戸《ごろつき》じゃなく、殺しを生業《なりわい》にしているような者だからね」

なぜか油蟬の鳴き声がやんだ。

「旦那も気になりますかい」

平静さを取り戻し、珠吉は静かにきいた。

「当り前だよ。だから、なんとしても、殺し屋の名を聞いておきたかった……」

「まあでも、仕方ありませんや」

軽く首を横に振って珠吉は、さばさばといった。

「なにをしたところで、鉄三が生き返ることはありやせんし……。手を尽くして殺し屋を捜し出し、捕らえるしか、あっしが生きる道はありませんや」

珠吉の言葉に、富士太郎が唇《くちびる》を嚙み締めた。

「おいらが珠吉を必ず守ってみせるよ。わけのわからない殺し屋なんかに指一本、触れさせやしないからね」

力強い声音《こわね》でいい、富士太郎が決意の表情を見せる。その顔を珠吉はほれぼれと見た。

湯瀬直之進《ゆせなおのしん》にぞっこん惚《ほ》れていた頃はひょろりとして少し頼りなかったが、智代《ともよ》と一緒になって完太郎《かんたろう》という息子を儲《もう》けた今、富士太郎は見ちがえるほどたくましくなっている。

「ありがとうございます。旦那にそういってもらえると、気持ちが落ち着きますよ」

珠吉は本心から感謝の言葉を口にした。

「心を穏《おだ》やかにすれば、いろいろ方策も見えてくるしね」

「あっしもそう思います」

富士太郎を見つめて、珠吉は同意した。

「それで旦那、これからどうしますかい」

うん、と富士太郎がいった。

「まずは検死医を呼ばないとね。鉄三と向こうの部屋で死んでる行之助《ゆきのすけ》って男《おとこ》妾《めかけ》の死骸《しがい》を検《あらた》めてもらわなきゃ、なにもできないよ」

検死が終わらない限り、死骸に触れたり動かしたりできない。そういう決まりが厳《げん》としてある。

「でしたら手前が自身番《じしんばん》に行って、備寛《びかん》先生をすぐ呼んでもらうよう伝えてきます」

珠吉の後ろから伊助《いすけ》が申し出た。

「伊助、そうしてくれるかい」

「お安い御用で」

伊助、と富士太郎が優しく呼んだ。

「ここに戻ってくるとき、町役人《ちょうやくにん》を連れてきておくれ」

「はい、承知いたしました。では、行ってまいります」

一礼して伊助が部屋を出ていく。それを見送った富士太郎が珠吉に一瞥《いちべつ》をくれた。

「珠吉は、どうすれば殺し屋を捜し出せると思う」

そうですね、といって珠吉は顎《あご》に手をやった。

「鉄三が江戸に戻ってきたのが十日前、それまで長いこと江戸を留守にしていやした。そんな者が、どうやって腕利きの殺し屋とつなぎを取れたのか……。まずはそこからじゃねえですかね」

珠吉のあとを富士太郎が引き継ぐ。

「仮に殺し屋に頼もうと思っても、手立てなどわかりゃしないものね。しかし、鉄三はそれを難なくしてのけた」

ええ、と珠吉は相槌《あいづち》を打った。富士太郎が言葉を続ける。

「鉄三が殺し屋に頼むことができたのは、やはり鹿右衛門《しかえもん》絡みの筋《すじ》が濃《こ》いだろうね。鉄三には鹿右衛門くらいしか、頼れる者はいなかっただろうから」

鹿右衛門を頼ったのではないか、と珠吉も思っていた。

――鹿右衛門は大店《おおだな》の元主人らしいが、裏の世界とつながっていたのは、疑いようがあるめえよ……。

「では、まず鹿右衛門の行方《ゆくえ》を明かさなければなりやせんね」

「その通りだよ。鹿右衛門を捕らえ、殺し屋のことを吐《は》かせなきゃいけない」

ふむ、とうなるようにいって富士太郎が腕組みをする。

「向こうの部屋で行之助を殺した鹿右衛門は、どこへ行っちまったのかな……」

今すぐにでも珠吉は鹿右衛門の捜索にかかりたかったが、そういうわけにはいかない。検死を待たなければならなかった。じりじりする気持ちを抑えつけ、珠吉は冷静さを保とうとした。

戸口のほうで人の気配が立った。伊助が戻ってきたのだろう。

「お待たせいたしました」

一礼して部屋に入ってきた伊助はかなり汗をかいていた。よほど急いだようだ。

伊助の背後に、四十過ぎと思える男が立っていた。これまでに何度か会ったことがあり、珠吉は男の顔も名も知っていた。

「ああ、庄市《しよういち》、よく来てくれたね」

すぐさま富士太郎が声をかけた。手ぬぐいで汗をきっちりと拭《ふ》いてから庄市が歩み寄り、富士太郎に挨拶《あいさつ》する。

「町役人の一人として、なにかあればすぐに駆けつけるのは当然のことでございます。樺山さま、伊助さんからお話をうかがいましたが、大変なことになったようでございますね」

手ぬぐいを袂《たもと》に落とし込んだ庄市が、目の前に横たわる鉄三の死骸に手を合わせ、瞑目《めいもく》する。数拍後に面を上げ、富士太郎に眼差しを注《そそ》いできた。

この家でなにが起きたか、富士太郎が簡潔に説明する。

聞き終えた庄市が嘆息《たんそく》した。

「さようでございますか。この仏さんのほかに、向こうの部屋でもお一人亡くなっているのでございますか……」

「行之助という若い男のようだよ。どうやら、この家のあるじの鹿右衛門が、手にかけたらしいんだ」

「えっ、鹿右衛門さんが……」

嘘《うそ》だろうというように庄市が目をみはる。

「庄市、鹿右衛門が行方をくらましているんだけど、行き先に心当たりはないかい」

富士太郎が新たな問いを投げた。

「手前は鹿右衛門さんとはさほど親しくはなかったので、心当たりといわれましても稲木屋《いなぎや》さんくらいしか思いつきません」

稲木屋だと、と珠吉は思った。どこかで聞いた覚えがある。

「稲木屋というのは、もしや小間物屋《こまものや》かい」

富士太郎に問われ、はい、と庄市が顎《あご》を引いた。

「もともと鹿右衛門さんが主人だった小間物屋でございます」

だとすると、と珠吉は考えた。行之助を殺して動転した鹿右衛門が稲木屋に逃げ込んだということは、十分にあり得るのではないか。

――稲木屋はどこだったか。旦那の縄張内《なわばり》であるのは、まちがいねえんだが。

「稲木屋の名だけは覚えているんだけど、どこの町にあるのか思い出せないんだ。庄市、教えてくれるかい」

富士太郎が庄市に頼み込んだ。

「確か牛込白銀町《うしごめしろがねちょう》だったかと……。うろ覚えですので、手前も確かとはいえませんが」

「いや、合っているよ。稲木屋は牛込白銀町にある」

はっきり思い出したようで、富士太郎がきっぱりいい切った。

牛込白銀町といえば、と珠吉は町並みを脳裏に描いた。武家屋敷と寺に囲まれた小さな町ではなかったか。ここからだと、急ぎ足でも半刻は優にかかるだろう。

ふっ、と庄市が小さく息を入れた。

「鹿右衛門さんは小間物の行商からはじめて成功し、若くして牛込白銀町に店を持ったそうにございます」

「本人のがんばりもあったのだろうけど、商才に長《た》けていたんだろうね」

「鹿右衛門さんとはたまに話をすることがあった程度でございますが、そのたびに頭のよいお人だなと感じました。おそらく、人とは目の付けどころがちがったのではないかと」

鹿右衛門は商売で成功して財をなしたのに、と珠吉は思った。歳を取ってから人を殺《あや》めてしまった。晩節《ばんせつ》を汚《けが》すという言葉が、まさにぴたりと当てはまる。

「今、稲木屋の跡を継いでいるのは誰だい。鹿右衛門には、せがれがいたのかい」

　富士太郎にきかれ、いえ、と庄市が首を横に振った。

「鹿右衛門さんは独り身で、おかみさんはいなかったはずです。確か、最も仕事のできる番頭《ばんとう》さんに店を譲《ゆず》ったのではなかったかと存じます。前に、そんな話を鹿右衛門さんから聞いた覚えがございます」

　男が好きならそういう始末のつけ方をするしかねえだろうな、と珠吉は思った。

「鹿右衛門から、この家のほかに別邸を持っているというような話を聞いたことはないかい」

「別邸でございますか。いえ、聞いたことはございません」

　そうかい、と富士太郎がいった。

「庄市、一つ頼みがあるんだけど」

「なんでございましょう」

　背筋を伸ばして庄市が聞く姿勢を取る。

「この鉄三を、無縁《むえん》墓地に葬《ほうむ》ってやってほしいんだ」

「承知いたしました」

富士太郎をまっすぐ見て庄市が快諾《かいだく》した。

「どうやらこの鉄三に身寄りはいないようなんだ。面倒なことを頼んで申し訳ないけど……」

「いえ、これも町役人の務めでございますから」

「そういってもらえると、助かるよ」

「樺山さまには、いつもよくしていただいてますので……」

「いや、おいらはなにもしていないよ」

「そんなことはございません」

大真面目な顔で庄市が否定した。

「親が目を離した隙《すき》にいなくなっちまった子供を捜し出して連れ帰ってきてくださったり、盗人《ぬすっと》を捕まえて盗まれた品物を持ち主に返してくださったり、急な病で動けなくなった老女を医者に担《かつ》ぎ込んでくださったり、小火《ぼや》にいち早く気づいて大火になるのを防いでくださったり……。手前どもは樺山さまに、ずいぶんお世話になっております」

「ああ、いわれてみれば、そんなこともあったたねえ」

富士太郎は今の今まで忘れていたような顔をしているが、一度あったことは滅《めっ》多《た》に忘れない質《たち》だから、実際は明瞭《めいりょう》に覚えているにちがいない。

珠吉はそのいずれにも関わっていたから、すべて鮮明に蘇《よみがえ》ってきたが、富士太郎は庄市に対し、恩着せがましいことを一切、口にしなかった。そのことが誇らしかった。

「行之助の親がどこに住んでいるか、庄市は知っているかい」

富士太郎が別の問いを庄市にぶつけた。

「人別帳を調べれば、そのあたりのことは明らかになるものと……」

「行之助はまだ若そうだから、二親《ふたおや》は健在だと思うんだけど……」

「はい、そのあたりのこともしっかり調べさせていただきます」

「親が見つかったら、遺骸を引き取ってもらうんだよ」

「よくわかっております」

「もし万が一、行之助にも身寄りがなかったら、鉄三と同じように無縁墓地に葬ってくれるかい」

「承知いたしました。すべて責任を持ってやらせていただきます」

庄市が凜《りん》とした声で請《う》け合《あ》った。面倒なことをいやな顔ひとつせずに引き受けてもらい、富士太郎は安堵《あんど》の表情を見せている。

「二つの仏さまは手前どもが引き取り、自身番にしばらく置いておきますが、樺山さま、それでよろしゅうございますか」

「それでいいんだけど、今すぐに運ぶというわけにはいかないんだ。検死が終わるまで、待ってくれるかい」

「ああ、さようでございましたね。検死が終わるまでは、仏さまは動かせないのでございました」

そのとき外から、ごめんください、という声が聞こえた。

「ああ、備寛先生が見えたようだよ」

富士太郎の声に応じて伊助が、お連れします、と部屋を出ていった。すぐに戻ってきて、備寛と助手の若者を部屋に招き入れた。

「備寛先生、暑い中、ご足労《そくろう》いただき、ありがとうございます」

富士太郎が丁寧《ていねい》な口調でいい、頭を下げた。

「いえ、これも仕事ですから」

備寛はまだ若く、いつも無精《ぶしょう》ひげを生やしている。だからといって身なりは悪くなく、上質そうな十徳《じっとく》をこざっぱりと羽織《はお》っている。

この暑さの中を歩いてきたのだろうから汗をかなりかいているはずだが、備寛はすっきりとした顔をしていた。

ただし、助手の若者は汗を一杯かいており、手ぬぐいをしきりに使っていた。

「二人の仏がいると伊助さんからうかがいましたが、一人はこちらですね」

鉄三の死骸を見て、備寛が眉間《みけん》にしわを寄せる。

「さようです。もう一つの仏はあちらです」

行之助の死骸が横たわっている部屋の場所を、富士太郎が伝えた。

「では、そちらにはこちらの仏の検死を終えてから、まいることにいたしましょう」

血溜まりを踏《ふ》まないようにして備寛がしゃがみ込み、鉄三の死骸をじっくりと見はじめる。助手に死骸の向きを変えさせたりして、しっかりと検死を行った。

一杯の熱い茶を飲み干す程度のときが経過したのち、備寛が顔を上げて富士太郎を見た。

「この仏は明らかに病死です。この血の量と色、においからして、肺の臓《はいのぞう》がひどく悪かったようですね。最近なにか無理をしたのではないでしょうか。それがとどめとなったようです」

――やはり白山権現《はくさんごんげん》で俺を襲ったせいで、すべての力を使い果たし、命の泉が尽きたんだな……。

昨夜、おすなという女の呼び出しに応じ、珠吉は罠《わな》だと知りつつ白山権現に向かった。

案の定《あんじょう》というべきか鉄三が襲いかかってきたが、助太刀《すけだち》として呼んだ富士太郎が気絶させせられるという不利な状況の中、ものの見事に鉄三を撃退したのだ。あのとき鉄三はひどく咳き込んでいた。きっと発作を起こしていたにちがいない。

備寛が改めて鉄三に目をやる。

「この仏には、外傷はどこにもありません。病死と断じてなんら問題ありません。亡くなってから、まだ半刻もたっていないでしょう」

意外な早さで備寛が鉄三の検死を終えてくれたことに、珠吉は感謝の思いを抱いた。行之助のほうも同じように手早く済ませてくれれば、鹿右衛門の捜索に思ったよりも早く取りかかれるのではないか。

「この仏の検死に関する留書《とめがき》は、すぐに出すようにいたします」

穏やかな声で備寛がいった。

「よろしくお願いします」

備寛に向かって富士太郎が辞儀《じぎ》する。すぐに備寛が立ち上がり、助手とともに部屋を出た。珠吉は富士太郎と伊助とともについていった。

物言わぬ行之助が横たわっている部屋に入った備寛が、すぐさま検死に取りかかった。今回も助手が行之助の体の向きを変えたりして、検死の手伝いをした。

鉄三の死骸よりも若干《じゃっかん》ときを要したが、すんなりと検死は終わった。手の甲《こう》で額《ひたい》に浮いた汗を拭《ぬぐ》い、備寛が腰を上げた。

「ふう、まことに暑いですな。六月とはとても思えません」

顔を横に向け、備寛が外のほうを見た。また油蟬が鳴きはじめている。

「子供の頃は蟬の声などまったく気にならなかったのに、大人になったら、うるさくてかないませんよ」

そういいながら、備寛が行之助の死因について説明をはじめる。

「こちらの仏は、匕首のようなもので三度、腹と胸を深く刺されております。それがこの仏の命を奪いました。ただし、肋骨《ろっこつ》に匕首が当たっています。殺しに慣れた者の仕業《しわざ》ではないようですね」

「おっしゃる通りです」

富士太郎が断ずるようにいった。

「下手人《げしゅにん》は、殺しに関しては素人《しろうと》です。死人は男妾だそうで、この家の主人の仕業ということがわかっています」

　富士太郎の説明に、なるほど、と備寛が納得《なっとく》したような声を発した。

「この家の主人は感情に衝《つ》き動《うご》かされて、この仏を殺害してしまったのでしょうな」

「ご明察だと存じます。どうやら痴情《ちじょう》のもつれのようです」

「わかるような気がしますよ。男同士というのは、男と女の関係以上に難しいところがあるようですので……」

「ああ、そういうものですか」

　樺山さま、と備寛が呼んだ。

「こちらの仏は、おそらく一刻ほど前に殺害されております。こちらの検死の留書も、すぐ出すようにいたします」

「よろしくお願いします」

　これで備寛の検死は完全に終わった。珠吉は、ほっとしたが、同時に体に力がみなぎってくるのを感じた。

　――なんだ、これは。

　少し戸惑ったが、殺し屋に狙われている恐怖よりも、殺し屋をこちらから追い詰めてやるという気持ちのほうが上回っていることが知れた。

——こいつは、まるで昔の若さが戻ってきたみたいだぜ。

だが、と珠吉はすぐさま自らを戒《いまし》めた。無理は禁物だ。ここで張り切りすぎて、鉄三のように体を壊してはなんにもならない。

まずは、行之助殺しの下手人である鹿右衛門を捕まえなければならない。

富士太郎がいったように、鹿右衛門が殺し屋について、なにか知っているのはまちがいないからだ。

一刻も早く鹿右衛門を見つけ出す、と珠吉は両の拳《こぶし》をぐっと握りしめた。

富士太郎たちはなにか手がかりがないかと、家の中を調べてみた。

だが鹿右衛門の家はさっぱりしたもので、家財道具すらあまりない。

鹿右衛門の行方に関する手がかりは、まるでつかめなかった。

三

裂帛《れっぱく》の気合が響《ひび》き、竹刀《しない》が激しく打ち合わされる。

道場の心地《ここち》よい喧騒《けんそう》の中、湯瀬直之進は床《ゆか》に端座《たんざ》し、汗くさい面を着けた。竹刀を手に取り、すっくと立ち上がる。

すでに源六《げんろく》は竹刀を持って、直之進が来るのを待っていた。やる気十分で、気合がみなぎっている。

「湯瀬師範代《しはんだい》、ありがとうございます」

頭を下げ、源六が礼を口にする。

「いや、そのようなことをいわずともよい。おぬしがどうしても手加減してしまうというのなら、俺が防具を着けるのは当たり前のことだ」

はい、と源六がうなずく。

「手前の実力では湯瀬師範代の着物を竹刀が擦《かす》ることすらあり得ないのですが、なにかの拍子に湯瀬師範代のお体に当たってしまうのではないかと不安がよぎってしまい……。そのようなことは万に一つもないとわかってはいるのですが……」

ふふ、と直之進は微笑《びしょう》した。

「万に一つどころか、今の源六なら、俺を打ち据えても驚きはせぬぞ」

実際、源六の上達の早さには目をみはるものがある。剣術において、源六が天《てん》賦《ぶ》の才に恵まれているのは疑いようがない。

「俺が防具を着けぬせいで、おぬしが思い切り竹刀を振れぬのであれば、それはまちがった指導の仕方といえよう。上達を妨《さまた》げておるようなものだからな」

「湯瀬師範代、ご配慮《はいりょ》、まことにありがとうございます」

源六がうれしそうに低頭《ていとう》した。

「よし源六、もう遠慮はいらぬぞ」

はい、と顔を上げた源六が張り切った声を上げた。

直之進たちの周りでは、大勢の門人たちが互いの相手と打ち合っている。誰も彼もが集中しており、一心不乱に竹刀を振っていた。その殺気にも似た緊張感が、直之進の肌をぴりぴりと刺す。

以前から、こうなればよいな、と直之進が望んでいた雰囲気《ふんいき》である。今のこの道場の引き締まった空気は、師範代を務める佐之助《さのすけ》や荒俣菫子《あらまたすみれこ》が作り上げたものであろうが、自分もその一翼を担《にな》っていると思うと、誇らしげな気持ちになる。

少し後ろに下がり、直之進は竹刀を正眼《せいがん》に構えた。源六も一歩ほど引き、竹刀を正眼の構えに取った。

直之進から見ても、源六には隙らしいものがない。これで、まだ十六歳とは信じがたいものがある。しかも商家の三男坊で町人なのだ。

源六は、乾《かわ》いた砂が水を吸い込むように日々成長している。昨日と今日では、技の切れが数段ちがうのだ。

——男子、三日会わざれば刮目《かつもく》して見よ、と『三国志演義《さんごくしえんぎ》』にもあるが、源六の場合は、一日会わざれば、だな。

この分では五年後、いや、三年後には、どれほどの剣士になっておるか。直之進には大いなる期待しかない。

——正直、十年後には俺や倉田《くらた》を凌駕《りようが》しているかもしれぬ。

だが、とすぐに直之進は思い直した。

——十年後の源六に後れを取るわけにはいかぬぞ。常に源六の先を行き、道標《みちしるべ》とならねば、師範代とはいえぬ。

俺もさらなる精進《しようじん》をしなければならぬ、と直之進は気合を入れ直した。すると、体に一本の芯《しん》が通ったような心持ちになった。

打ちかかろうとしていた源六が躊躇《ちゆうちよ》したように動きを止める。直之進の張り詰めた気配に気圧《けお》されたのだろう。

すぐさま直之進は叱咤《しつた》の声を放った。

「どうした、源六。ためらうな」

「は、はい」

素直に答えた源六が、腹に力を込めたのが知れた。とうりゃあ、と甲高《かんだか》い声を上げて竹刀を上段から打ち下ろしてくる。全身から力が抜けており、竹刀には柳のようなしなやかさがあった。

竹刀は目にもとまらぬ速さで迫ってきたが、直之進は打ち返そうとはせず、横に動いて源六の死角に入り、胴《どう》を打ち抜こうとした。

源六は、面を狙って放った自分の竹刀が空を切ったことで、さっと後ろに下がる。

そう動くだろうと予測していた直之進は竹刀を上段へと振り上げ、源六の横面に向けて斜めに振り下ろした。

竹刀は見事に面を捉《とら》えたと見えたが、勘が働いたか、源六が頭を低くすることでぎりぎりよけた。

その源六の動きを見て、すごいな、と直之進は感嘆《かんたん》した。

この獣《けもの》のような勘の鋭《するど》さは、他の門人たちには見られないものだ。

――勘だけ見れば、倉田にも匹敵《ひってき》するのではあるまいか。

竹刀を引いて直之進は少し間合を取り、息を入れた。

それを隙と見たか、源六が床を蹴って突っ込んできた。またしても上段から竹刀を打ち下ろしてくる。

これも素晴らしい速さの振りだったが、直之進はあっさりかわし、源六の逆《ぎゃく》胴《どう》を打ちにいった。

その動きを咄嗟《とっさ》に見て取ったらしく、源六がさっと竹刀を引いて直之進の竹刀を上から叩き落としにきた。ばしっ、と音が立ち、直之進の竹刀が床板を打った。

腕に痺《しび》れが走り、竹刀を引き戻そうとする直之進の動きが一瞬、遅れた。

その瞬間を衝《つ》いて竹刀を振り上げた源六が、直之進の面を狙い打ってきた。力は入っているように見えなかったが、渾身《こんしん》の振りであるのがわかった。これまでより、明らかに切れがあった。

——俺が防具を着けたことで、本当にためらいがなくなったのだな。

よいことだ、と思いつつ直之進は源六の竹刀を力強く弾《はじ》き返《かえ》した。

今までならその衝撃で源六は万歳《ばんざい》をするところだったが、今日はそうならなかった。源六は、ぐっ、と腕が上がりそうになるのをこらえてみせたのだ。姿勢を低くするや、胴に竹刀を払ってきた。

——ほう、やるな。

今度は直之進がその竹刀を上から叩いた。源六の竹刀が、ばしん、と床を打った。

俺と同じで両手が痺れたのではないか、とにらんだ直之進は、再び源六の横面に竹刀を見舞っていった。

だが、源六は床を打った反動を使い、竹刀を鋭く振り上げてきた。その動きは、これまでにないほどの速さだった。

このままでは直之進の竹刀より、源六の竹刀のほうが先に届く。それを覚った直之進は頭を後ろにそらすようにして、源六の竹刀をよけた。

かわしたと思ったが、ぴっ、と紙を裂くような音がした。面の顎のあたりを、源六の竹刀が擦っていったのだ。

——なにっ。

こんなことは、これまでになかった。さすがに直之進は驚かざるを得ない。

目をみはって源六を見つめる。面越しに、信じられないという表情をしている源六の顔が見えた。

――俺が防具を着けたことで、源六の真の実力を引き出したことになるのか。

驚きの成長力としかいいようがない。

――俺を超えるのは、十年後どころではないかもしれぬな……。

天賦の才というのは、源六のような者をいうのだ。そのことを直之進は実感した。

――俺も剣の才に恵まれているほうだと思うが、源六にはとても及《およ》ばぬ。

直之進は、源六にうらやましさを覚えると同時に、別の思いが浮かんできた。

――天才の源六と稽古《けいこ》を続けていけば、俺の実力も伸びていくのではあるまいか。

きっとそうだ、と直之進は信じた。

――精進を続ければ、俺も源六のように歩みを止めることなく強くなっていけるはずだ。この若い弟子が俺の才を引き出してくれよう。

それから直之進と源六は、互いに一歩も引かずに打ち合った。

源六は相変わらず直之進が瞠目《どうもく》するような鋭い振りを繰り出してきたが、さすがに真剣での場数を多く踏んでいる直之進のほうが、振りの精密さという点で遥《はる》かに上だった。この打ち合いにはかなりの余裕があった。

直之進が的確に要所へと竹刀を振るっていくうちに、源六が徐々に対応できなくなってきた。少しずつ体勢が崩れ、小さな隙が生じる。

天才とはいえ、技はまだまだ未熟なところがあり、その上やはり十六ということで、体力がついていかない。長丁場になれば直之進との差が出はじめるのである。

だが、いずれ源六にも体力はついてくる。その頃には手に負《お》えない剣士になっているにちがいない。

これだけの才を持ちながら、と直之進は源六の竹刀を打ち返しつつ考えた。源六は将来、どうするつもりでいるのだろう。本当に商いの道で生きていくつもりなのだろうか。

もしそうなら、心底もったいないと思うが、今は太平《たいへい》の世である。剣の腕など、活《い》かす道はほとんどない。

道場を開き、源六が師範となれば、役者を思わせる相貌《そうぼう》と優しい性分から、繁《はん》盛《じょう》しそうだが、それも本人にどのくらい剣の道を究《きわ》める気があるかどうかに、かかってくる。

――もし本当に剣術を究めようという気があるなら、秀《しゅう》士《し》館《かん》の師範代に迎えてもよい。

直之進や佐之助もいずれは歳を取り、師範代を退《しりぞ》かなければならないときが来る。源六なら直之進たちの後継となる資格は十分だ。しかし、結局はそれも本人次第だろう。

直之進の上段からの一撃を竹刀でかろうじて受け止めた源六が反撃に出ようとしたが、腰がふらつき、足がもつれた。

潮時《しおどき》とみた直之進は、さっと横に動いて源六の死角に出、横面を狙った。

直之進がどこに狙いを定めたか、源六は勘で覚ったようだが、すでに体がついていかなかった。竹刀を振り上げようとしたものの、直之進の竹刀のほうが速かった。

源六の横面を竹刀が捉え、ぱしーん、と竹が弾けるような音が道場内に響き渡った。

その直後、あっ、と声を発し、源六がよろめいた。横倒しに倒れそうになったが、足を踏ん張ってなんとかこらえる。

以前の源六なら直之進の一撃を受けて、あえなく尻餅《しりもち》をついていただろうが、直之進と稽古を続けてきたおかげで体幹《たいかん》も少しずつ強くなり、衝撃を吸収するだけでなく、うまく逃がすだけの強靱《きょうじん》さも備わりつつあるのだ。

「よし、源六、これまで」

源六は、もっと続けたそうな表情を一瞬見せたが、他の門弟にも稽古をつけなければならない直之進の立場に思いが至ったようで、背筋を伸ばして、ありがとうございました、と深く頭を下げた。

「冷《ひ》や汗《あせ》をかかされたが楽しかった。礼をいうのは俺のほうだ」

「湯瀬師範代が冷や汗を……」

「ああ、一度、源六の竹刀が顎を擦っていっただろう」

「あのときでございますか」

笑みを浮かべた源六が顔を輝かせた。

「はっきりと覚えております。正直、信じられなかった……」

「あのときの振りの感触はまだ残っているか」

「はい、残っております」

きっぱりと源六がいった。

「その感触を忘れぬことだ。もしそれを物にできれば、俺から正真正銘の一本を取る日も遠くなかろう」

「それがまことなら、本当にうれしゅうございます」

「まことのことだ。源六には、それだけの素質がある」

「湯瀬師範代から一本を取る。それを目標に、これからも精進いたします」

うむ、と直之進は顎を引いた。

「精進を怠《おこた》らなければ、その日が来るのは遠くない」

直之進の言葉を聞き、源六が感激の面持《おもも》ちになった。その思いを嚙み締めるように、ありがとうございました、と一礼した。

「では、本日はこれで帰らせていただきます」

「そうか、帰るか」

「店仕舞いの手伝いをせねばなりませんので」

「大変だな」

「御指導、ありがとうございました」

微笑を浮かべた源六が道場の端へ歩いていく。端座し、面を取りはじめる。

源六の将来のことが気になり、直之進はそれについてきこうと思った。源六の横に行こうとして、思いとどまる。

いま将来のことをきかれても、源六が戸惑うだけだというのがわかったからだ。商家の三男ということで、普段は朝から道場に顔を出し、稽古を昼には終えて帰路につく。その後夕方まで店の手伝いをしているらしい。

――秀士館での稽古のあとに働くというのはさぞかし大変だろうが、源六はよく努力している。

そのひたむきな源六に、直之進は頭が下がる思いだ。

本日は仕事が忙しくないらしく、珍しくこの刻限まで稽古に励んでいた。

面を外した源六が立ち上がり、少し歩いて納戸《なんど》の戸を開けた。

源六から目を離した直之進は、眼前に七人の門人が並んでいるのを目にした。いずれも直之進に稽古をつけてもらいたいと考えている者ばかりである。

直之進は列の先頭にいる門人に声をかけた。

「よし、広兵衛《ひろべえ》、やるか」

「お願いします」

元気のよい声でいって、少し下がった広兵衛が竹刀を正眼に構える。

「他の者は広兵衛との稽古が終わるまで、相手を選んで打ち合い、体を温めておけ」

「わかりました」

残りの六人がそれぞれ相手を見つけ、対峙《たいじ》する。

「よし、来い」

竹刀を構えた直之進は、広兵衛に向かって声を投げた。面の中の広兵衛は闘志満々の表情だ。源六に負けていられぬという思いが顔に出ていた。

直之進が源六に目をかけていることはむろん知っているのだろうが、こうして広兵衛たちが稽古を望んでくるということは、直之進が源六を依怙《えこ》贔屓《ひいき》しているとは考えていない証《あかし》ではあるまいか。

広兵衛たちは、源六に対する直之進の扱いに嫉妬《しっと》しているのではなく、ただ単に源六に追いつき追い越そうとしているように感じられた。

——実によいことだ。

源六の実力に引き上げられるように広兵衛たちの腕も上がっていけば、それ以上のことはない。

むろん剣術は、技量を磨《みが》くばかりでなく、人格形成の場でもある。だが一方で、強くならなければおもしろくないのも事実だ。

腹に響くような声を張り上げ、広兵衛が突っ込んできた。竹刀が上段に振り上げられている。

広兵衛がどんな技を繰り出してくるか、楽しみにしながら直之進は竹刀を持つ手に力を込めた。

四

いま猪四郎は二つの仕事を抱えている。

一つは鹿右衛門から依頼された仕事で、もう一つは鉄三が頼んできた珠吉という男の始末である。本来であれば、二つの依頼を同時に着手することはほとんどないのだが、鹿右衛門と鉄三の頼みとなれば仕方がない。

最初に手をつけるのは、むろん鹿右衛門の仕事だ。

「さて、そろそろ行くとするか」

独りごちて猪四郎は、ときを潰《つぶ》すためだけに上げていた経《きょう》を終え、どっこいしょ、と立ち上がった。猪四郎がこれまで座していたのは、本像が安置された本堂《ほんどう》ではなく、庫裏《くり》の居間である。

居間を出る際、猪四郎は腰高障子《こしだかしょうじ》と腰高障子とのあいだに一本の陰毛を挟み込んだ。頭髪は、頭をすべてきれいに剃《そ》り上げているから使えない。

もし猪四郎が不在の際、この居間の中に入った者がいれば、陰毛が下に落ちているはずだ。猪四郎は、湿気と熱気が滞《とどこお》っている廊下を歩いて玄関に向かった。

途中、不意に右側の腰高障子が開き、悠安《ゆうあん》が顔をのぞかせた。歳は二十六と若いが、猪四郎がここ円大寺《えんだいじ》の住職を任せている男である。

「ちと出かけてくる」

猪四郎がいうと悠安が、侯林《こうりん》さま、と猪四郎の僧侶《そうりよ》としての名を呼んだ。

「どちらにいらっしゃるのでございますか」

猪四郎は、悠安には自身が殺し屋であることは明かしていない。悠安は猪四郎の正体を知らないのだ。

「わしがどこに行くか、気になるか」

顎を突き出して、猪四郎は悠安をじろりと見据えた。それだけで悠安がたじろぎ、あわてて頭を下げた。

「済みません、つまらぬことをきいてしまいました」

悠安は、円大寺の住職に据えるために猪四郎が雇《やと》い入れた男だ。口入屋《くちいれや》で住職を募集したところ、思いがけず七人も申し込んできた。

口入屋は、相当の者が手を挙げますよ、と安気《あんき》にいったが、まさか七人も応じる者がいるとは、猪四郎は夢にも思わなかった。

さっそく円大寺で七人と続けざまに会い、最も読経《どきよう》と説法《せつぽう》がうまかった者を選んだ。それが悠安だった。

七人の中では、悠安はいかにも小心そうで、寡黙《かもく》に見えた。それも猪四郎が悠安を採用する決め手となった。

臆病《おくびよう》な者は少し脅《おど》しておけば、猪四郎のことを探ろうとは思わないだろうし、口が重ければ、この寺のことを外で誰かに漏《も》らす心配もないからだ。

むろん油断はできないが、今のところ悠安はおかしな真似は一切していない。猪四郎が留守にしたときも、猪四郎の居間に忍び込んだような形跡は一度もないのだ。

もともと悠安は、相模《さがみ》の在所《ざいしよ》の寺の次男だった。実家の寺で僧侶としての修行《しゆぎよう》を積んでおり、いずれはどこか近在の寺に養子《ようし》入りするはずだったが、檀家《だんか》の女房と不始末をやらかし、父親から勘当《かんどう》されたらしいのだ。それが一年ばかり前のことだ。

食《く》い扶持《ぶち》を求めて江戸に出てきて、しばらくは願人坊主《がんにんぼうず》の形《なり》で門付《かどづ》けのような真似《まね》をして、なんとかしのいできた。しかしさすがに食《く》い詰《つ》め、すがる思いで円大寺の住職に応募してきたということだ。

せっかく住職の座につけたというのに、もしここ円大寺から叩き出されるようなことになったら、悠安はまた浮浪《ふろう》の身に戻るしかない。

悠安の中には、それだけは避《さ》けたいという強い思いがあるはずだ。

相模の寺では庵祐《あんゆう》と名乗っていたらしく、それをもとに猪四郎が悠安と名づけた。

いま目の前の悠安は、頭を下げたままじっとしている。しばらく悠安を見つめていた猪四郎は、面を上げろ、といった。

悠安が恐る恐る顔を上げた。猪四郎が相好《そうごう》を崩してみせると、悠安があからさまにほっとした表情を見せた。

「わしがどこに行くか知りたいか。ちと女のところに行ってくるつもりだ」

「えっ、女性《にょしょう》のところに……。さようでございましたか」

「もてるようには見えんだろうが、わしにも女はおるのだ」

「いえ、侯林さまはおもてになるのではないかと存じます」

揉《も》み手《て》をするかのような物腰で、悠安が追従《ついしょう》を口にした。

「なに、悠安ほどではない。わしは人の女房と情を交わしたりはせんゆえ」

うっ、と悠安が詰まった。

「冗談だ」

悠安の肩を軽く叩き、猪四郎は再び歩き出した。すぐに歩みを止め、振り返って悠安に目を当てる。

「明日でかまわないが、境内《けいだい》の掃除《そうじ》はしっかりしておけ。境内を清潔に保つことこそが、運を呼び込む手立てだからな」

「はい、わかりました」

こうして命じておくと、悠安はきっちりと掃除をする。この寺には寺男などは置いていないから、雑用に関しては住職である悠安がすべてこなすしかないが、むしろ喜んでやる質《たち》のようだ。

――そのあたりは、この男の美徳だな。

「今夜は戻らん。しっかり戸締まりをして休んでくれ」

「承知いたしました。――あの」

猪四郎を呼び止めるように、悠安が声をかけてきた。

「なんだ」

「侯林さまは、明日の朝餉はどうされますか。寺でおとりになりますか」

「いや、外でとるつもりだ」

「さようでございますか」

猪四郎は悠安を見据えた。

悠安は意外に包丁が達者で、料理がうまい。本人にその気があれば、店を出してやってもよいほどの腕前である。

「悠安、火の始末を怠るなよ」

「はい、念には念を入れます」

よし、と猪四郎はいった。

「では、行ってまいる」

猪四郎は庫裏の外に出た。

境内の樹木から、みんみん蟬の盛大な鳴き声が、巨大な波の如く響いてくる。

――あの嵐を思わせるな……。

以前は巨大な波が夢に出てきて、よくうなされたものだ。ときがたつにつれて、いつしか嵐の夢は見なくなった。

みんみん蟬の鳴き声は大きくなったり、小さくなったりを繰り返している。蟬《せみ》時雨《しぐれ》とはよくいったものだ、と猪四郎は感心しながら境内を歩いた。

狭い境内をあっという間に突っ切り、こぢんまりとした山門《さんもん》を抜けた。路上に出たところで立ち止まり、振り返りながら山門を見上げる。

小舎山円大寺《しょうしゃさん》と、達筆で記された扁額《へんがく》が掲《かか》げられている。山門には小さいものの唐破風《からはふ》がついており、猪四郎はそこが特に気に入っていた。

この寺は、住職はおろか誰一人としていない破れ寺《やでら》だった。住む者がおらず、荒れ放題だったのを、猪四郎は寺の縁者《えんじゃ》から安値で買い取ったのだ。

もし山門に唐破風がついていなければ、購入していなかったかもしれない。

寺を自分のものにしたのち、寺社奉行に悠安を住職にして寺を運営する旨《むね》の届けを出した。その後も寺にいろいろと手を入れ、猪四郎は人が住める体裁《ていさい》までもってきたのである。

円大寺を終《つい》の棲家《すみか》にするつもりはないが、しばらく暮らしていく分には、恰好《かっこう》の場所ではないだろうか。

――よし、行くか。

袂から手ぬぐいを取り出し、猪四郎はほっかむりをした。これで少しは暑さが和《やわ》らぐだろうし、できればあまり顔をさらしたくはない。

円大寺をあとにした猪四郎は谷中三崎町《やなかさんさきちょう》の町内を歩きはじめた。

目指す日暮里《にっぽり》は、目と鼻の先である。谷中三崎町自体、日暮里と呼んでも差し支えがないほどの近さである。

普段とちがって天蓋《てんがい》はかぶらず、今日は町人のような形《なり》をしている。

西日を浴びつつゆっくり歩いていくと、日暮里の町から秀士館のほうへ延びる道沿いに、一軒の茶店があるのを見つけた。団子《だんご》、と染め抜かれた幟《のぼり》が風にわずかに揺れている。

——あの店で少し休んでいくとするか。腹ごしらえにも、ちょうどよい。

ごめんなさいよ、と声をかけて猪四郎は茶店に入り、長床机《ながしょうぎ》に腰かけた。吊《つ》るされたすだれが陽光を遮《さえぎ》り、涼しかった。ほっかむりを取り、湧くように出てきている首筋と顔の汗を拭《ぬぐ》った。

いらっしゃいませ、と寄ってきた看板娘らしい若い女に、猪四郎は茶と団子を注文した。ありがとうございます、と辞儀して看板娘が奥のほうへ去っていく。

茶と団子を待つあいだ、猪四郎はすだれ越しに、いま歩いてきた道に眼差しを注いだ。

気が緩《ゆる》んで、もし源六が通ったことに気づかなかったら、目も当てられない。

道は人通りが多く、百姓や町人だけでなく、供《とも》を従えた侍の姿もかなり目立つ。

日暮里は風光明媚《ふうこうめいび》な遊山《ゆさん》の地で、あまり人が住んでいないと感じていたが、この人の多さからして、けっこう盛っている様子である。

さすがに日《ひ》の本《もと》一の都会だけのことはあり、郊外といえども、多くの人が暮らしているのだ。

――知らなかったな……。

日暮里のあたりには、武家の下屋敷や中屋敷といった広壮《こうそう》な屋敷も少なくない。道を行き来している侍たちは、それらの屋敷に仕《つか》えているのだろう。

待つほどもなく看板娘が戻ってきた。お待たせしました、と捧《ささ》げ持っていた盆を猪四郎の横にそっと置いた。

盆には、湯気を立てている湯飲みと二串の団子がのった皿があった。

たれがたっぷりかかった団子を見て、こいつはうまそうだ、と猪四郎は唾《つば》が湧くのを覚えた。茶も飲みたいが、まだ熱そうで、冷めるのを待つことにした。

猪四郎はちらりと目の前の道を見やった。源六の姿は見えない。

よし、と内心でうなずいて猪四郎は団子の串に手を伸ばした。

団子にかぶりつくと、たれの旨味が口中に広がった。醬油《しょうゆ》の味は濃いが、あまりしょっぱくはない。

砂糖《さとう》の甘さもそれほど感じないが、たれにはしっかりとしたこくがあり、それが団子によく絡んでいた。まわりはかりっと焼き上げられ、中はしっとりしている団子との相性は抜群である。

――こいつは絶妙な塩梅《あんばい》だ。

食べながら自然に笑みが浮かんできた。

――我が寺の近くに、こんなにうまい団子を食わせる店があったとは……。

今まで知らなかったとは、損をしたような気分だ。猪四郎はがつがつと食らいつき、二本の団子をあっという間に平らげた。

――江戸にもうまい物があるということだな。

猪四郎は食い倒れの町として知られる大坂で長く暮らしていたこともあり、江戸にやってきた当初は、うまい物を食べさせるところがあまりに少なく、物足りなさを覚えていたものだ。

――数は少ないのかもしれんが、探せばうまい店があることがわかったのはよかった。

とにかく、こんなに美味な団子は久しぶりである。大坂天満《てんま》の東町奉行所近くの茶店で食べて以来ではないか。

今から仕事に取りかかるのに、幸先《さいさき》がよいではないか。こたびも必ずうまくいく、との確信を猪四郎は得ることができた。

猪四郎は再び眼前の道に目を向けた。まだ源六は通りかからない。

今日は、いつもより遅いようだ。秀士館での稽古が長引いているのかもしれない。

——なにしろ剣術が大好きらしいからな。

源六は奈志田屋《なしだや》という商家の三男坊だが、実際は剣術で身を立てたいと思っているのではないだろうか。

——まだ源六がやってこないのなら、追加を注文するか。

団子二本だけでは、空腹を満たすことなどできない。猪四郎は店の娘を呼んで、あと三皿の団子を持ってくるようにいった。

「えっ、三皿でございますか」

目をみはって看板娘が猪四郎にきく。

「そうだ、三皿だ。ここの団子は実にうまいゆえ、食べられるときにたくさん食べておこうと思ってな」

「ありがとうございます」

弾けるような笑顔でいって看板娘がまた奥へ去った。

再び猪四郎は道へと目を向けた。源六の姿はどこにも見えない。やはり秀士館での稽古に熱が入り過ぎて、引け時を誤ったのではあるまいか。

それとも、と猪四郎は考えた。今日、源六は秀士館に行っていないのか。店が忙《いそが》しいときは源六も開店から駆り出されるようなのだ。

——ならば、奈志田屋へ行ってみるか。

そう猪四郎が考えたとき、店の娘が三皿の団子を持ってきた。もう一度、道へと目を投げてから、今度は冷めた茶を喫《きつ》しつつ団子を食べてみた。

茶の苦味と旨味が、口に残ったたれをきれいに洗い流していく。口中がすっきりし、この食べ合わせなら、いくらでも団子を胃《い》の腑《ふ》におさめられるような気がした。

三皿の団子をあっさり食べ終えた猪四郎は、また道に目をやった。源六の姿は相変わらず見えない。

それならば、と思い、猪四郎はにんまりとした。

——この店の団子をとことん味わってから、奈志田屋へ行くとしよう。

その後さらに三皿の団子を食して、猪四郎は腰を上げた。さすがに満腹になっている。

——仕事にかかる前に、ちと食べ過ぎたか。

だが別に構《かま》うまい、と猪四郎は思った。別に源六を甘く見ているわけではない。

秀士館で源六は将来を期待されている剣士らしいが、この猪四郎に勝てるはずがないからだ。

——わしはあの嵐をくぐり抜けたことで、生まれ変わったのだ。

光輪丸が嵐で沈没したあと、どんなことに対しても恐怖を覚えることがなくなった。恐れを知らない者ほど、この世で強い者はいない。

団子と茶の代《だい》を看板娘に払い、猪四郎は茶店をあとにした。ありがとうございました、という明るい声に送られ、奈志田屋を目指して歩き出そうとした。

ふと背後に気配を感じ、振り返ると、源六らしい者の姿を瞳が捉えた。ほっかむりをかぶり直して、猪四郎は目を凝《こ》らした。

まちがいない。源六がこちらに向かって急ぎ足で歩いてくる。ほんの半町ほどの距離だ。

――やはり稽古が長引いていたか……。

歩調を緩め、猪四郎は源六が追いついてくるのを、足を進めながら待った。

しかし、なかなか追いついてこない。おかしいな、と思って立ち止まり、ちらりと背後を見やると、道着が入っているらしい風呂敷包《ふろしきづつ》みを手に持った源六が、茶店の前で立ち止まっていた。

ははあ、と猪四郎は思った。茶店の団子を食べていこうか、迷っているのだろう。

――激しい稽古を終えて、空腹でたまらないんだな。若いし、腹の減りは早かろう。さて、やつはどうするか。

しゃがみこんで雪駄《せった》の緒《お》を直す振りをしつつ、猪四郎は源六の様子をうかがった。

しばらく茶店の前を動こうとしなかったが、結局は団子をあきらめたようで、源六が風呂敷包みを持ち直して歩き出した。足早に猪四郎を追い越していく。

――まだ十六の若さで、よく空腹に耐《た》えられたものだ。

さすがに将来を嘱望《しょくぼう》されている剣士だけのことはある。自らを律する術《すべ》をしっかりと心得《こころえ》ているようだ。

団子への未練《みれん》を振り払うように、源六がせかせかと歩いていく。

少し距離を取り、源六に怪しまれないように気を配りつつ猪四郎はあとをつけはじめた。

五

姿勢を正した樺山富士太郎が駒込追分町《こまごめおいわけまち》の町役人の庄市に、鉄三と行之助の骸《むくろ》の件を改めて頼んだ。

庄市が、お任せください、と笑顔で請け合った。

「では、これで失礼するよ」

庄市に別れを告げ、富士太郎が鹿右衛門の家を出る。珠吉は伊助とともに、そのあとに続いた。

旦那、と伊助が富士太郎に声をかけた。

「今から牛込白銀町に向かうんですね」

「その通りだよ」

伊助に眼差《まなざ》しを注いで富士太郎が肯定《こうてい》した。

「案内を頼めるかい」

「もちろんです」

うれしそうにいって伊助が富士太郎の前に出る。珠吉は背後を守るように、富士太郎の後ろについた。

「しかし今日も暑かったねえ」

伊助のあとを歩き出した富士太郎が、頭上を仰《あお》いでぼやく。

珠吉も西の空を見上げた。夕方だというのに、太陽は燦々《さんさん》と照っている。

――お日さまは、もう六月になったとわかっていねえんじゃねえのか。きっと今も、真夏と勘ちがいしているにちげえねえ。

「まったくですよ」

珠吉は富士太郎に同意してみせた。

「とても六月とは思えませんや」

首筋に浮いた汗を、手ぬぐいで拭きながら珠吉はいった。

「この残暑は、あっしのような老体には特にこたえますぜ」

珠吉、と呼びかけて富士太郎が振り返る。

「暑さがこたえるのは、年寄りだけじゃないよ。夏が大好きなおいらでさえ、今年の夏の暑さは、苦痛でしかなかったからね。まるで太陽に炙《あぶ》られてるみたいで、干物《ひもの》になっちまいそうだったもの」

「若い旦那でも、そうなんですかい」

「もちろんだよ。でも、もう大して若くはないけどね」

珠吉を見て富士太郎がかぶりを振った。

「まだ二十四じゃありませんか。十分すぎるほど若いですよ」

「そうかな……。それにしても珠吉は、よくおいらの歳を覚えているね」

感心したように富士太郎がいい、珠吉を見つめてくる。

「旦那、どうか、前を向いてくだせえ。いつかみてえに、軒柱《のきばしら》に頭をぶつけますぜ」

「ああ、そんなこともあったね。あのときは目から火花が出たよ」

顔をしかめつつ富士太郎が前に向き直る。それを目にしてから、珠吉は口を開いた。

「あっしが旦那の歳を覚えているのは、当然のことですよ」

力強い声で珠吉はいった。

「なにしろ、あっしは旦那のおしめを替えたこともあるんですからね。せがれも同然の人の歳を、忘れるわけがありませんや」

「ああ、おしめかい」

富士太郎が納得したような声を発した。

「おいらに覚えはないけど、母上によれば、珠吉にはだいぶ世話になったそうだからね」

「お世話というほどのものではないんですが」

前置きをして珠吉は続けた。

「旦那のおしめ替えは、だいぶやらせてもらいましたよ。生まれたばかりの旦那は本当にかわいかったですねえ」

赤子の頃から旦那はずいぶん立派な物を持っていたなあ、と珠吉は感慨深く思った。

——それがいつの間にやら一児の父だ。

話を戻しますが、と歩きながら珠吉は富士太郎に語りかけた。

「あっしも夏は好きでしたが、今年で嫌いになっちまいましたよ。夏の暑さにうんざりするなんて、これまでにもありましたけど、ここまで厭《あ》き果《は》てるなんて、さすがに初めてじゃないですかね」

「おいらも、早く夏が終わって涼しくなって欲しいなんて願うことは、これまであまりなかったからねえ。生まれて初めてとはいわないけれど、そうそうあることじゃないよ」

「それだけ今年の夏はすさまじい暑さだったってことですね」

結論づけるように伊助がいった。

「まったく伊助のいう通りだよ。本当に早く秋が来てほしいものだ」

強い西日を浴びながら歩き続けているうち、さらに暑さが募《つの》ってきた。珠吉は汗だくになり、手にしている手ぬぐいで何度も顔や首筋を拭いた。喉の乾きもひどく、水が飲みたくてならない。

珠吉は、足が少しふらふらしていることに気づいた。

――こ、こいつは……。

顔を上げて確かめてみたが、前を行く二人はふらついたりはしていない。

――俺だけか……。

あまりの暑さにやられて、よろけているのか。これも歳のせいにちげえねえ、と珠吉は暗澹《あんたん》とした。

今すぐどこかで休まないと、ぶっ倒れてしまうのではないか。

「ああ、こいつはたまらないね」

不意に富士太郎が音《ね》を上げるようにいって、犬のようにぶるぶると首を振った。

「喉も乾いてきたし、腹も空いてきたよ。珠吉、伊助、食べ物屋に入って、一休みしようじゃないか」

助かった、と珠吉は富士太郎に向かって手を合わせたくなった。

――さすがは旦那だ。俺が危ういとき、必ず救ってくれる……。

珠吉は心底ありがたかった。

「そいつはうれしいですねえ」

殺し屋のことはどうしても気になるが、この暑さの中、これ以上無理をすれば、本当に生死に関わりかねない。暑さにやられて死んでしまう老人は毎年、跡を絶たないのだ。

――いま俺が、その一人になるわけにはいかねえ。

食べ物屋に入るまで、ふらついていることを富士太郎たちに覚られないようにしなければならない。富士太郎が知ったら、これから先もずっと気を遣われるに決まっている。

——それだけは避けなきゃならねえ。

探索の足手まといになるわけにはいかないのだ。

「ああ、あそこにしよう」

富士太郎がいい、珠吉たちは道の右側にある甘味処《あまみどころ》の暖簾《のれん》をくぐった。

店内は陽射しが遮られていることもあって、外よりずっと涼しかった。

——ああ、助かった、生き返ったぜ。

いらっしゃいませ、と小上がりに寄ってきた小女が三つの湯飲みを手際よく置く。中身は冷たい麦茶である。

富士太郎が、団子でいいかい、と珠吉と伊助にきいた。

珠吉は小さくうなずいた。

「あっしはそれでけっこうです」

「手前も、団子をいただきたいです」

富士太郎が、三人前の団子を注文した。

手を伸ばし、富士太郎が湯飲みを取った。喉仏を上下させて、ごくりと飲む。

「ああ、おいしい。体に染み渡るよ」

「では、あっしもいただきます」

珠吉も湯飲みを持ち、麦茶を喫した。湯飲みがほとんど一瞬で空になった。世の中にこんなにおいしい飲み物があるとは、と感動するくらい美味だった。

「ああ、あの世からこの世に戻ってきたような気分ですよ」

「珠吉、ずいぶん大袈裟《おおげさ》なことをいうねえ。大丈夫かい」

眉根《まゆね》を寄せて、富士太郎が珠吉の顔をのぞき込んでくる。珠吉は笑顔をつくった。

「なーに、大丈夫ですよ。なんともありゃしません」

「それならいいんだけど……」

富士太郎の案じ顔に変わりはない。

「旦那、本当に大丈夫ですから、安心してくだせえ」

「うん、わかったよ」

「それにしても、麦茶というのは本当においしいですね。誰が考え出したんでしょう」

「ああ、いま手前も、同じことを考えていました」

珠吉の横に端座している伊助が、珠吉に応じた。

「誰が考えついたのかは知らないけれど――」

珠吉から目を外した富士太郎が、また麦茶を飲んだ。

「麦茶という代物は、ずいぶん昔からあるみたいだよ。おいらたちがよく飲んでいるお茶よりも、古くからあるらしいんだ」

「えっ、そうなんですか」

伊助が驚きの表情になる。

「どうもそうみたいだよ。なにかの書物で読んだだけだからうろ覚えだけど、平《へい》安《あん》の昔には、はったい、という物が食べられていたようだね」

「はったい、ですか。どこかで聞いたことがあるような気がします。どこで誰に聞いたのだったか……」

伊助が下を向いて考え込む。はったい、と聞いて珠吉の脳裏に、一つひらめくものがあった。

「はったいといえば、あっしはずいぶん昔、おっかさんがつくったのを食べたことがありますよ。子供の時分でしたが、少し甘みがあって、けっこうおいしかったような覚えがありますね」

曖昧《あいまい》な記憶を手繰《たぐ》り寄せて、珠吉はいった。ああ、と伊助が控えめな声を上げた。

「手前も祖母の家で、はったいを振る舞ってもらったことがあります。たったいま思い出しました」

すぐに伊助が首をひねる。

「でも祖母がつくってくれたはったいは、食べ物ではなく、飲み物でしたね。平安の人は、はったいを食べていたのですか」

興味津々《きょうみしんしん》の顔で伊助が富士太郎に問う。

「はったいというのは大麦を炒《い》って粉《こな》にし、それを水で溶《と》かしたものらしいよ。だから粘《ねば》り気があって、もともと飲むようなものじゃないんだ。そのはったいをさらに水で薄めて砂糖で甘みをつけたりして、暑さしのぎに飲む人が昔もいたようだ。伊助が飲ませてもらったのも、その類《たぐい》だろうね。おそらくその手の飲み物となったはったいが、麦茶の元になったんじゃないかなあ」

「そんなに古い時代から麦茶のような物があったなんて、昔の人はすごいですねえ」

本当だよ、と富士太郎が伊助に同意してみせた。

「先人の知恵は、掛《か》け値《ね》なしに素晴らしいからね。今のおいらたちは、世話になってばかりだよ」

それにしても、と珠吉はいった。

「この店は麦茶がただだなんて、ありがたいですね」

「本当にそうだね。普通は麦湯店や麦茶売りから、四文払って買うものだもの」

「四文という値は手頃で決して高くはありませんけど、ただで麦茶が飲めるということも、この店が繁盛している理由《わけ》の一つかもしれませんね」

「麦茶は大麦を炒って熱湯で煮出《にだ》した物だから、お茶よりもだいぶ安いんじゃないかな。それで大勢のお客を呼び込めるなら、店にとってはとてもありがたいものだろうね」

湯飲みを傾け、伊助が一気に飲みほした。それを目にしたらしく、すぐさま小女が寄ってきて薬缶《やかん》を傾け、三人の湯飲みに麦茶を注《つ》いでくれた。

ありがとう、と伊助が小女に礼を述べる。どういたしまして、と照れたような笑みを浮かべて小女が下がっていった。

まだ麦茶が飲み足りなかった珠吉も、おかわりをもらえたのはありがたかった。すぐに半分ほどを飲んだ。おかげで喉の渇きはほとんど消えた。

――ふう、どうにか醜態《しゅうたい》をさらさずに済んだぜ……。

湯飲みを手にした伊助が口を開く。

「手前は夜、涼むために麦湯店へ行くんですが、あれはなかなかいいものですよ」

「なにがいいんだい」

すかさず珠吉は質《ただ》した。

「一番いいのは、若い娘が麦茶を持ってきてくれることです。話もできるんで、とても楽しいんですよ。いつも大勢の若い男で賑《にぎ》わっています」

「そうか、若い娘がな。だがいま麦茶を注いでくれた娘も若いぜ。伊助、あの娘《こ》じゃ駄目なのかい」

えっ、と伊助が意表を突かれた顔になる。

「駄目とはいわないですけど……」

「伊助が湯飲みを空にするや麦茶を注ぎに来てくれるなんざ、あの娘は伊助に一目惚れしたんじゃねえのか」

「いえ、まさかそんなことはないでしょう」

顔を少し赤くして伊助が手を振る。伊助、と珠吉は呼んだ。

「馴染《なじ》みの麦湯店に、気に入った娘でもいるのか」

「えっ、そ、それは……」

「いるんだな」

決めつけるように珠吉はいった。

「はい、おります」

観念したように伊助が認めた。

「その娘とは、互いに満更《まんざら》でもねえのか」

「手前はそうだと思っているんですが……。ええ、いい感じだと思います」

「なるほど、いい出会いがあったんだな。男は早く女房をもらうほうがいいからな。そんな女がいるんなら、麦湯店に通うのも悪くはねえ」

「珠吉も行きたくなったのかい」

からかうように富士太郎がきいてきた。

「とんでもねえ」

珠吉は右手を激しく振った。

「そんなことをしたら、女房に引《ひ》っ叩《ぱた》かれますよ」

「えっ、そうかな」

首を傾げて富士太郎が疑問を呈《てい》する。

「おつなは優しいから、そんなことはしないと思うよ」

「いえ、あっしが若い娘と話をして鼻の下を伸ばしているところを見たら、引っ叩くに決まっていますぜ」

「そうかなあ。おつななら、そのくらい許してくれると思うけど……」

「仮に許してくれるとしても、あっしは麦湯店には行きませんよ」

「珠吉は相変わらずかたいねえ」

ふふふ、と富士太郎が笑ったとき、お待たせしました、と小女がやってきた。団子を三人前、畳の上に置く。伊助の顔をじっと見つつ、ごゆっくりどうぞ、といい置いて厨房のほうへ去っていった。

——やはりあの娘は、伊助のことを気に入ったようだな。だが、伊助にその気がねえんじゃ、どうにもならねえな。かわいそうだが……。

おっ、と声を上げ、富士太郎が目の前に置かれた団子を見て顔を輝かせる。

「こいつはおいしそうだね。よし、さっそくいただこう」

富士太郎が串を手にしたのを見て、珠吉も団子に手を伸ばした。

実においしい団子だった。富士太郎も伊助も舌鼓《したつづみ》を打っている。

二人とも若いだけのことはあり、食欲は旺盛《おうせい》だ。

——見ているこちらが気持ちよくなるような食べっぷりだな……。

やはり若さというのは、それだけで素晴らしい。

――俺はあと半年で六十五だ。もはや旦那や伊助とは比べ物にならねえ。二人は暑さにやられてふらついたりしねえし……。

「珠吉、どうかしたかい。暗い顔をしているようだけど」

うつむいて黙り込んだ珠吉が気になったか、富士太郎が問うてきた。

「ああ、いえ、なんでもありません。旦那たちの若さが、うらやましかっただけです」

「そうなのかい。ところで珠吉、疲れていないかい」

「ええ、ここで休んだおかげで疲れはだいぶ取れました」

「それはよかった。でも暑さにやられる前に、休みたいとか水を飲みたいとか、先にいっておくれよ。珠吉は歳の割にまだ若いけど、やはり無理は禁物だよ」

「ええ、よくわかっています」

よし、といって富士太郎が畳をはたいた。

「おなかも一杯になって汗も引いたし、そろそろ出るとするか。外の暑さが少しは和らいでくれてたら、いいのだけど……」

つぶやくようにいって富士太郎が立ち上がり、珠吉と伊助もそれに続いた。

六

甘味処を出て四半刻ほどたった頃、珠吉たちは牛込白銀町に足を踏み入れた。鹿右衛門が興《おこ》したという小間物問屋の稲木屋に向けて、歩を進める。稲木屋の暖簾をくぐったことはこれまで一度もないが、店がどこにあるか、だいたいわかっている。

牛込白銀町自体、小さな町でもあり、行きかう者に場所をきかずとも、珠吉たちは稲木屋の前に到着した。

富士太郎が、ちらりと珠吉を見た。体を気遣っているのは明らかで、大丈夫という意味を込めて珠吉は、にこりとしてみせた。富士太郎が安心したようにうなずく。

稲木屋はかなり盛っており、店仕舞い前だというのに出入りする客は多かった。そのほとんどが女客である。

――女という生き物は、男より暑さに強いのかもしれねえな。なにしろ、どの客も顔が生き生きとして、この暑さをものともしていねえ。

これじゃあ男が女に勝てるはずもねえな、と珠吉は思った。

店の前にはいくつものすだれがかけられ、陽射しを遮っている。

「ごめんよ」

客が絶えたところを見計らい、富士太郎が暖簾を払って中に入った。珠吉と伊助もそのあとに続いた。

「いらっしゃいませ」

丁稚《でっち》らしい男が珠吉たちに頭を下げた。富士太郎を見て、瞠目している。すぐに近くにいた女客に話しかけられ、その応対をはじめてしまった。

薄暗い店内はひんやりとしており、それだけで汗が引いていくのを感じた。こいつはありがてえな、と珠吉は思った。

すだれが効いているのは確かだろうが、天井《てんじょう》が高く、しかも風通しがよい。それが、この涼しさの秘密であろう。

富士太郎が物珍しそうに、数えきれないほどの品物が置いてある棚を見ていく。

広くて大きい棚には櫛《くし》や簪《かんざし》、笄《こうがい》などの髪飾りだけでなく漆器《しっき》や磁器《じき》、陶器《とうき》、徳利《とっくり》、猪口《ちょこ》、盃《さかずき》、銚子《ちょうし》、ちろり、煙草《たばこ》入れや財布《さいふ》、巾着《きんちゃく》、根付《ねつけ》、爪楊枝《つまようじ》、箸《はし》、房楊枝《ふさようじ》など、ありとあらゆる物が並べられており、それらを眺めているだけで珠吉は圧倒された。

——ずいぶんたくさんの種類を置いてるんだな。

小間物屋といえば、こまごまとした物を並べて売っているところが多いが、ここまで品数が豊富な店は初めてだ。

それに店も広い。珠吉が知っている小間物屋は二階建ての長屋の一階を店にしているようなところがほとんどで、これだけの規模の店には入ったことがない。

少し奥に進んだところにある棚には、白粉《おしろい》や紅《べに》、鬢付油《びんつけあぶら》、元結《もとゆい》に使う色とりどりの紐《ひも》、かもじなどがところ狭《せま》しと置いてあった。

こっちの棚は女物ばかりだな、と珠吉は思った。その上、白粉のにおいが濃く漂《ただよ》っており、鼻が詰まったような感じになった。

——小間物屋ってえのは、やっぱり居心地がよくねえなあ。

女房のおつなと買物に出ても、小間物屋に入ったら、珠吉は外で待つことにしている。白粉のにおいが、どうにも苦手なのだ。

富士太郎のあとについて女物の棚の横を抜けると、一段上がったところに店座敷が広がっていた。二十畳は優にあるのではないか。

店座敷では何組かの客が、番頭や手代《てだい》とおぼしき者と和《なご》やかに話をしていた。

「いらっしゃいませ」

少しかたい顔をした男が、珠吉たちに近づいてきた。二十代半ばと思える若さからして、番頭ではなく手代であろう。

瞳に若干の怯《おび》えの色が出ているのは、前触《まえぶ》れもなく八丁堀《はっちょうぼり》の役人が店にやってきたことで、なんとなく不隠なものを感じたからかもしれない。なにも悪いことをしていなくても、町方役人が店にやってくれば、構えてしまうのは致し方ないことだ。

「おまえさんは何者だい」

手代の前に立ち、富士太郎がきいた。はい、と男がかしこまった。

「手前はこの店の手代で、灯之助《とうのすけ》と申します。どうか、お見知り置きをお願いいたします」

灯之助と名乗った男が丁寧に辞儀する。

「灯之助、済まないけど、水を恵《めぐ》んでくれないかい」

「は、はい」

「三人分の水を頼むよ」

「承知いたしました。少々お待ち願えますか」

体を返した灯之助が狭い土間を通り、奥のほうに向かう。もうじき水が飲めると思うと、珠吉はうれしくてならなかった。

盆を手にして灯之助が戻ってきた。盆の上には、大ぶりの湯飲みが三つのっている。

「どうぞ、お召し上がりください」

灯之助が盆を差し出してきた。珠吉たちは、ありがたく湯飲みを手に取った。珠吉は、ごくごくと喉を鳴らして飲んだ。富士太郎と伊助も同様である。

「ああ、助かったよ、灯之助、かたじけない」

富士太郎が、灯之助が持つ盆に湯飲みを戻した。珠吉は灯之助に心からの礼を述べて、盆に湯飲みを置いた。伊助も同じである。

——こんなにうめえ水、久しぶりに飲んだぜ。まさに甘露《かんろ》というやつだな。

珠吉と同じように人心地ついた様子の富士太郎が、灯之助、と呼びかけた。

「おまえさんは鹿右衛門という男を知っているかい」

「はい、もちろんでございます。この店を興されたお方でございますから」

「いま鹿右衛門は、この店に来ているんじゃないかい」

えっ、と灯之助が驚きの顔になった。

「いえ、来ていらっしゃらないと存じます。いらしたという話は聞いておりませんし、お姿も見ておりません」

珠吉は灯之助をじっと見た。嘘はついていないように思える。

「本当かい。本当に鹿右衛門は来ていないかい」

灯之助に顔を近づけ、富士太郎が強い口調で確かめる。

「はい、まことにお見えになっていないと存じます」

動ずることなく灯之助が同じ答えを返してきた。

わかったよ、と富士太郎がいった。嘘をついていないと判断したようだ。灯之助が、ほっとしたように二歩ほど下がった。

ここで手代を問い詰めたところでなにも得られないのは、富士太郎もよくわかっているはずだ。

「あるじはいるかい」

灯之助に眼差しを注ぎながら富士太郎が問うた。

「はい、おります。あちらでございます」

右を向いた灯之助が、店座敷を手で示す。顔を転じて富士太郎が店座敷を見た。同時に珠吉も、そちらに顔を向けた。

店座敷で女客を相手にしている店の者は、四人ばかりいた。そのうちのどれがあるじなのか、灯之助にきくまでもなかった。

一人だけ恰幅《かっぷく》がよく、ほかの男たちより上質な着物をまとっている男がいたのだ。ゆったりとした風情《ふぜい》で、金を持っていそうな年増の女客と談笑している男こそが、この店のあるじであろう。

「呼んでくれ」

少し腹立たしそうに、富士太郎が灯之助に命じた。

なぜ富士太郎が不機嫌なのか。考えるまでもなく珠吉は覚った。

これだけの大店《おおだな》のあるじが、いくら上客の相手をしているとはいえ、富士太郎が来たことに気づいていないはずがないからだ。それくらいの目配りができなければ、大店のあるじは務まらない。

御上《おかみ》の御用で町方役人が足を運んでいるのは明らかなのに、富士太郎に挨拶する素振《そぶ》りも見せず、あるじはまるで無視するかの如く女客と熱心に話し込んでいる。

そのことがわかったからこそ富士太郎は、苛立《いらだ》ちを見せたにちがいない。

「いま呼んでまいります」

　富士太郎の静かな怒りを感じ取ったか、盆をその場に置き、灯之助があわてて店座敷に上がった。足早に近づいていき、女客に断りを入れてから、あるじに話しかける。

　灯之助の話を聞いたあるじが、驚いたようにこちらを見た。あっ、という顔になり、女客に低頭してから、店座敷を突っ切るようにして近づいてきた。

　富士太郎の前に来て端座し、あるじがすぐさま頭を下げて詫《わ》びる。

「申し訳ございません。お役人がいらしたことに、まるで気づいておりませんで」

　偽《いつわ》りを口にしているわけではなさそうだな、と珠吉はあるじの必死な面相《めんそう》を見て思った。

　店全体を常に見ていなければならない店のあるじにとって、町方役人が来たことに気づかないというのは失態にちがいないが、それだけ商談に熱が入っていたのではあるまいか。

　この店が繁盛しているのは、と珠吉は考えた。他の店とは比べ物にならない品《しな》揃《ぞろ》えのよさもあるだろうが、あるじを初めとして、奉公人たちが商売に熱心で、どうにかして客たちの求めに応《こた》えようとしているからではないだろうか。

親身になって客の話に耳を傾けていたなら、富士太郎の姿が目に入らなかったとしても不思議ではない。

「あの女客は放っておいていいのかい」

富士太郎にいわれ、あるじがちらりと振り返る。今は番頭らしき男が女客の相手をしていた。

「はい、大丈夫でございます」

「それならいいけど、商売の邪魔をする気はないんだ」

「邪魔だなんてことは決して……。あの、お役人、どうぞ、こちらにお上がりください」

真摯《しんし》な口調であるじが富士太郎をいざなう。

「いや、おいらはここでいいよ」

富士太郎がかぶりを振った。

「でしたら、手前がそちらに……」

沓脱石《くつぬぎいし》の雪駄を履《は》き、あるじが土間に下りてきた。富士太郎の前に立つや、深々と腰を折る。

「お初にお目にかかります。手前はこの店の主人を務めております惣之助《そうのすけ》と申します」

「おいらは樺山というよ。南町奉行所の定町廻りだ」

惣之助が面を上げ、富士太郎をしみじみと見る。

「樺山さまの御名はかねてより存じ上げておりました。いつもお世話になっているにもかかわらず、ご挨拶が遅くなってしまいましたこと、まことに申し訳なく思っております」

「なに、気にすることはないよ」

鷹揚《おうよう》な調子で富士太郎がいった。

「この店は、大通りから少し外れているからね。見廻《みまわ》りの際、おいらたちもなかなかここまでは回ってこられないんだ。これまで互いに顔を合わせられなかったのは、仕方のないことだよ」

「手前の不始末をお許しいただき、まことにありがとうございます」

深く頭を下げた惣之助が体を起こし、富士太郎を見つめる。あの、と遠慮《えんりょ》がちにいった。

「樺山さまがわざわざ足を運ばれたのは、うちが関係する、なにかがあったからでございましょうか」

それにじかに答えることなく、富士太郎が別のことを惣之助にたずねた。

「おまえさんは、先代の鹿右衛門の跡を継いで、この稲木屋のあるじになったそうだね」

「おっしゃる通りでございます」

惣之助が富士太郎の言葉を認めた。

「手前はこの店の番頭を長く務め、その後、鹿右衛門の隠居とともに、主人となりましてございます」

「今日、鹿右衛門はこの店に来たかい」

富士太郎にきかれ、惣之助が意外そうな表情になる。

「いえ、来てはおりませんが……」

唾を飲んだか、惣之助がごくりと喉仏を上下させた。

「あの、鹿右衛門がどうかいたしましたか」

こわごわという感じで惣之助がきいてきた。

「人を殺したんだ」

惣之助をまっすぐ見て富士太郎が告げた。

「ええっ」

惣之助だけでなく、そばに控えていた灯之助も驚きのあまりのけぞった。

「ま、まことでございますか」

大きく目を見開き、惣之助がすがるような顔で問うてきた。

「実をいえば、証拠はまだなにもないんだ。だけど、鹿右衛門が殺したと証言している者がいてね」

「さ、さようにございますか……」

ため息を漏らし、力が抜けたように惣之助がうつむいた。そうすることで、気持ちを落ち着けているように見えた。

「あ、あの、先代はどなたを手にかけたのでございますか」

顔を上げて惣之助が富士太郎にきく。

「おまえさんは知っているかな。行之助という男だよ」

ああ、と惣之助が声を出した。

「男妾《おとこめかけ》でございますね。確か一年ばかり前に先代が妾奉公をさせ、駒込追分町の家に住まわせたはずでございます」

一年ものあいだ一緒に暮らした男を鹿右衛門は刺し殺したのか、と珠吉は思った。考えてみれば、長年連れ添った夫婦でも、片方が連れ合いを殺すことなど珍しくない。

「惣之助、鹿右衛門は行之助を殺して行方をくらましたんだ。鹿右衛門の行き先に心当たりはないかい」

思いもかけないことをきかれたのか、えっ、といって惣之助が難しい顔で考え込む。ふーむ、とうなるような声を発し、面《おもて》を上げた。

「ここしばらく先代とは会っておりませんし、先代が隠居後にこの店に来ることも滅多にございません。申し訳ないのでございますが、手前に心当たりはまったくございません。男妾も行之助のほかに、知る者はおりませんし……」

「鹿右衛門に血縁の者はいないのかい」

「はい、おりません」

迷いのない口調で惣之助が断じた。

「ずいぶんはっきりいうね」

はい、と惣之助がうなずいた。

「生まれ育った在所の村が飢饉《ききん》に見舞われたそうで、先代の親兄弟は皆、死に絶えたと聞いております。それで先代は命からがら江戸に出てきたそうにございます。口入屋に引き合わせてもらった小間物屋に雇われて行商をはじめ、それでなんとか食いつなぎ、やがて商売が成功して、この店を興すまでに至ったそうにございます」

鹿右衛門にはそんな苦労があったのかい、と珠吉は思った。だからといって、行方を追う手綱《たづな》を緩める気は一切ない。

「鹿右衛門には、頼れる友垣《ともがき》はいなかったのかい」

富士太郎にきかれた惣之助が、しばし瞑目する。やがて目を開け、富士太郎を見た。

「何人か友垣はいたようでございますが、誰もが鬼籍《きせき》に入ってしまったそうにございます。次々に死んで、ついにわしが最後になっちまった、と前に寂《さみ》しそうに話しておりましたので」

「そうかい、友垣はすべて逝《い》ってしまったのかい」

つぶやくようにいって、富士太郎が次の質問を惣之助にぶつける。

「鹿右衛門は、なにか芸事を習ってはいなかったかい」

下を向き、惣之助が再び考える。

「いっとき三味線《しやみせん》を習っておりましたが、それもとうにやめてしまっております」

「なんでやめたんだい」

間を置かずに富士太郎が問いかける。

「それはわかりかねます。もともと飽《あ》きっぽいお人でしたので、あまり上達せず、もうたくさんだと考えたのではないか、と思っておりましたが」

「鹿右衛門は、三味線をどのくらいのあいだ習っていたんだい」

「半年ほどではなかったかと」

「三味線の師匠は女だったのかい」

いえ、といって惣之助が首を横に振る。

「それが男でございました」

「へえ、三味線の師匠が男とは珍しいね。その師匠は、もしやいい男だったんじゃないのかい」

「昔はそうだったかもしれませんが、周七《しゅうしち》さんといって、かなり歳がいっている師匠でございまして、先代が通いはじめたときは、すでに六十近かったはずでございます。若い男が好きな先代の食指《しょくし》が動くとはとても思えませんが。それに、周七さんはもう亡くなっております」

そうだったのかい、と珠吉は少し驚いた。

「師匠が亡くなったせいで、鹿右衛門は三味線をやめたんじゃないのかい」

富士太郎がさらに惣之助にきいた。

「いえ、師匠が亡くなる一年以上も前にやめておりました」

なにがあってやめたのだろう、と珠吉は考えた。思い当たることは一つもなかった。

「碁《ご》とか将棋《しょうぎ》、盆栽《ぼんさい》、骨董《こっとう》など、鹿右衛門がほかに愛好していたことはなにかないかい。同好の士で親しい者はいなかったかい」

富士太郎が新たな問いを惣之助にぶつけた。

「いなかったと存じます。先代はその手のものには一切、心惹《ひ》かれることはございませんでしたので……」

「そうか、親しい者はいなかったのか……」

そういえば、と珠吉は思い出した。鹿右衛門の家の庭には、盆栽の一つも置いていなかった。

家の中にも骨董らしき物はなにもなく、掛軸《かけじく》一つ、下がっていなかった。家自体には金がかかっているように見えたが、中はさっぱりしたものだった。

「でも惣之助。そんな無風流《ぶふうりゅう》の男が、どうして三味線には手を出したんだろうね」

首をひねって富士太郎がたずねた。

「手前にとっても思いもかけないことでしたので、なにゆえ三味線を、ときいたことがございますが、先代は一言、わかるだろう、といっただけで笑っておりました」

「弟子にいい男がいて、その男目当てに通っていたのかな」

「手前もそれは考えました。周七さんは一度に三人の弟子を指導していたようですので、目当てにしている弟子と先代が一緒に稽古を受けるのは、さして難しくなかったでしょう。しかしながら、そのことをわざわざ問い質すつもりもなかったものですから、手前はそのままにしておりました」

「おまえさんの感触としてはどうだい。弟子が目当てだったとして、鹿右衛門が口説き落としたと思うかい」

いえ、と惣之助が首を横に振った。

「駄目だったのではないでしょうか」

考え込むことなく惣之助が即答した。

ならでございましょう」

「手前が三味線が楽しいかたずねた際、どこかおもしろくなさそうに、そうでもない、と答えたからでございます。あれは、目当ての男とうまくいかなかったからでございましょう」

つまり、と富士太郎がいった。

「懸想《けそう》した鹿右衛門は、その男に近づくために好きでもない三味線を習いはじめた。その男を男妾にしようとしたものの、ことはうまく運ばなかった。それで半年ほどで三味線をやめた。こういう筋と考えていいのかな」

「多分、それでまちがいないのではないかと」

「金に飽《あ》かしても、鹿右衛門は目当ての男を物にできなかったのか……」

「この世には金で動かない人はいくらでもおりましょう。ただし、断られて先代はたいそう怒ったのではないかと存じます」

「怒ったのかい。落胆したのではなく」

はい、と惣之助が顎を引いた。

「もちろん落胆はしたでしょうが、先代は自分の思い通りにいかないと、ひどい癇癪《かんしゃく》を起こす質《たち》でしたので。目当ての男に断られて、かなり腹を立てたのはまちがいないかと……」

その鹿右衛門の怒りっぽさが、と珠吉は思った。行之助を刺し殺させたにちがいない。

——男妾になるのを断られたのなら、行方をくらました鹿右衛門がその男を頼るわけがないな……。いや、待てよ。その逆ということは考えられねえか。

そのときのうらみを晴らすために、鹿右衛門がその男のもとに行ったというのは、十分にあり得るのではないか。

——なにしろ行之助を殺したあとだ。自棄《やけ》になって、これまで自分を袖《そで》にした男をついでに殺してしまえ、と考えても不思議ねえ……。

富士太郎も珠吉と同じ考えに至ったようで、鋭い声で惣之助に問うた。

「おまえさん、鹿右衛門が懸想した男のことを知っているかい」

「いえ、存じません」

惣之助があっさりと否定した。

「では、三味線師匠の周七のことはどうだい。知っているかい」

はい、と惣之助が軽く頭を下げた。

「住まいがどこだったかは、存じております。先代から聞きましたので」

「今すぐに教えてくれ」

富士太郎が急《せ》かした。あの、といって惣之助が戸惑いの顔になった。

「もう一度申し上げますが、師匠の周七さんはもう亡くなっております。それでもよろしいのでございますか」

「鹿右衛門が懸想していた弟子を捜さなきゃいけないからね。まずは師匠のことを知らないと、当たりようがない」

わかりました、と納得したような声を発した惣之助が、すらすらとしゃべった。富士太郎が聞きまちがいがないか、確認する。

「周七の住まいは小石川原町《こいしかわはらまち》だね」

「おっしゃる通りでございます」

惣之助が首を大きく縦に振った。

七

惣之助に礼をいい、富士太郎が稲木屋の暖簾を外に払った。珠吉と伊助も富士太郎の後ろに続いた。

外に出ると、もう日没に近かった。

「伊助、小石川原町まで先導を頼む」

富士太郎に命じられて、伊助がすぐさま前に出る。

「急いでくれ」

「わかりました」

伊助が一気に足を速めた。走りながら富士太郎が気づいたように珠吉を見る。

「珠吉は無理しなくていいよ」

顔を険《けわ》しくして珠吉は見返した。

「旦那、気遣いは無用ですぜ」

伊助に遅れないように走っていくうちに、珠吉は、はっはっ、と息遣いが荒くなっていくのを感じた。

「そんなわけにはいかないよ」

富士太郎が少し怖い顔でにらんできた。

「珠吉は家族と同じくらい大事だからね、気遣いをするに決まっているよ」

「でも、あっしは本当に大丈夫ですから」

珠吉はわざと軽快に足を動かしてみせた。だが、富士太郎の怖い顔に変わりはない。

「甘味処に入る前、暑さにやられて珠吉はふらついていただろう」

いきなり富士太郎に指摘され、珠吉は、ええっ、と仰天《ぎょうてん》した。あまりにびっくりして、足を止めそうになる。

「旦那、気づいてたんですかい」

前を行く伊助に置いていかれないように、珠吉は歯を食いしばった。

「当たり前だよ。いつからの付き合いだと思っているんだい」

「ですが、あっしがふらついていることを、まさか旦那に気づかれていたとは……」

「年寄りの命を奪いかねないほどの暑さだよ。おいらが珠吉から目を離すわけがないじゃないか」

「じゃあ、あのとき甘味処に入ろうと誘ったのは、あっしのためを思ってのことだったんですね」

「当たり前だよ」

駆けつつ富士太郎が肯定する。

「でも、それだったらなんで、あっしがふらついていたことを、あの甘味処でいわなかったんですかい」

「そんなことをいったら、珠吉が傷つくのがわかっていたからさ」

「でも、今はいうんですね」

「仕方ないよ。珠吉をこれ以上、走らせるわけにはいかないからね」

「旦那になんといわれようと、あっしは走り続けますよ」

「珠吉、本当に無理してほしくないんだよ」

懇願《こんがん》するように富士太郎がいった。

「無理なんか、していませんて」

胸を張り、珠吉は平気な顔をつくった。

「一昨日だって、ひったくりを追っかけて一刻以上も走ったんですぜ。それでも、なんともなかったんだ。こたびも同じに決まってまさあ」

「いや、あのときの無理が今になって祟《たた》っているんじゃないかと、おいらはにらんでるんだ」

案じ顔で富士太郎が口にした。

「そんなことはありませんよ」

懸命に両足を動かしつつ珠吉はかぶりを振った。

「あんなのは、なんてこたあ、ありやせん。あっしは元気そのものですから」

「元気そのものだったら、暑さにやられてふらつくようなことにはならないはずだよ」

「ちょっとばかり、ふらついただけですよ」

珠吉、と富士太郎が叱《しか》りつけるような声で呼びかけてきた。

「足手まといにならないように、大丈夫といってるんだろうけど、もしここで珠吉が倒れて、医者に担ぎ込まなきゃならなくなったら、それこそ足手まといになっちまうんだよ」

「あっしは倒れませんから。旦那、あっしがこれまで足手まといになったことが、一度でもありましたかい」

「一度もないけど、これからはわかったもんじゃないよ。今年はいつもの年とはちがうんだ。おいらや伊助でもこたえる暑さだよ。それは、珠吉もわかっているはずじゃないか」

「もちろんわかっていますよ。でも、あっしは大丈夫です。これまでの鍛《きた》え方がちがいますから。暑さになんか、負けやしませんぜ」

頑《がん》としていい張ったとき、不意に珠吉は顔をしかめた。その表情の変化を見逃さず、どうしたんだい、と富士太郎が問いかけてきた。

「いえ、ちょっと……」

針《はり》で軽くつつかれたような痛みが胸に走った。ううっ、と口をついて声が出る。胸を押さえつつ珠吉は足を止めた。

「珠吉、大丈夫かい」

案じ顔をして富士太郎も立ち止まった。

「旦那、ちょっと……」

力ない声で珠吉はいった。前にいた伊助も異変に気づき、急いで戻ってきた。

「珠吉、胸が痛むのかい」

心配そうに富士太郎がきいてくる。

「ええ、少し。でもこのくらいの痛みなら、じっとしていれば、すぐに治っちまうと思うんですが……」

「珠吉、顔色が悪いよ。よし、今すぐに医者に行こう」

「いえ、そこまですることはありません。本当に足手まといになっちまう」

「でも命のほうが大事だよ」

「本当に大したことはありませんから」

「手前勝手が一番よくないんだよ」

「大丈夫ですって。今はもう痛くありませんし……」

「胸が痛いのなら、医者に行かなきゃ駄目だよ。おいらが責任を持って連れていくから」

「旦那、あっしにその気はありやせん」

富士太郎の申し出を断り、珠吉は素早くあたりを見回した。おっ、と声を上げたのは、十間ほど先に麦茶を売る店があったからだ。

「あっしはあの店で休んでいますよ」

富士太郎がちらりと麦湯店を見やり、珠吉、と呼びかけてきた。

「本当に医者に行かなくてもいいのかい」

「もちろんですよ。ですから旦那と伊助は小石川原町に行って、三味線の師匠の弟子を探してください。もし鹿右衛門がその弟子を狙っているんでしたら、それを阻止して必ずひっ捕らえてください」

「むろんそのつもりだけど、珠吉を一人で置いていくのは心配だよ」

なにしろ珠吉は殺し屋に狙われている身なのだ。

富士太郎を見て珠吉は、にこりとした。

「あの麦湯店には人もいるでしょう。ですから、殺し屋が狙ってくるようなことはないと思いますよ」

「でも、胸の痛みのこともあるじゃないか」

「もし胸がひどく痛むようなことになったら、店の者に迷惑をかけることになりますが、医者に連れていってもらうことにします」

「珠吉、本当にそうするんだよ」

「ええ、必ず」

よし、と自らに気合を入れるように富士太郎がいった。すぐには走り出さず、麦湯店まで付き添ってくれた。

「いらっしゃいませ」

若い娘が歓迎の声を上げ、珠吉たちを中に導いた。広いとはいえない店内で、五つの縁台《えんだい》が置いてあるに過ぎないが、そのうちの四つが客でふさがっていた。中はかなり涼しく、珠吉はほっと息をついた。胸の痛みはおさまっており、ひと安心しながら、空いている縁台に腰を下ろした。

横に立った富士太郎が気がかりそうな眼差しを向けてきたが、その思いを振り切るかのようにいった。

「じゃあ珠吉、行ってくるよ」

「旦那、お気をつけて」

うなずいた富士太郎が麦湯店の外に出ようとして、とどまる。

「珠吉、お金は持っているかい」

「ええ、持ってますよ」

「おいらと伊助は、すぐここに戻ってこられないかもしれない。いいかい、長居するわけだから、麦茶のおかわりをちゃんともらうんだよ。そのときに、お金がいるかもしれないからね」

ええ、と珠吉はいった。まるで子供扱いだが、いかにも富士太郎らしい心遣いで、珠吉の心はほんのりと和んだ。

「よくわかっておりますよ。大金ではありませんが、お金は持っていますから、旦那、安心してくだせえ」

「そうかい。それならいいんだ。できるだけ早く戻ってくるから、珠吉、おとなしくしているんだよ」

暮れなずむ町にさっと出た富士太郎が、伊助をいざなうように手を振り、意を決したように走り出した。一瞬で伊助が富士太郎の前に出る。二人の姿は、あっという間に見えなくなった。

二人の若さが珠吉には眩《まぶ》しかった。

——どうあがいても、俺はあの若さには勝てねえ……。

老いたな、と思い、珠吉はうつむいた。

——やはりもう潮時だ。

このざまでは本当に足手まといだ。富士太郎とまだまだ一緒に働きたかったが、体がいうことを聞かないのでは、どうしようもない。

これは誰もがいずれ通る道なんだ、と珠吉は自分に言い聞かせ、寂しさを押し殺した。

「お一人ということでよろしいですか」

声をかけて寄ってきた若い娘に、ああ、と珠吉は首肯《しゆこう》してみせた。

麦茶はすぐにもたらされた。珠吉はそれをじっくり味わうように、ゆっくりと飲んだ。体に染み渡るようで、うまいなあ、と自然に声が出た。

「ありがとうございます」

珠吉のそばを離れずにいた若い娘が快活《かいかつ》にいって腰を折る。

「いつもの年ならもう麦茶はやめているんですけど、今年は六月になっても暑いので……」

「ああ、そうなのかい。こうやっておいしい麦茶を心ゆくまで味わえるのは、俺のような年寄りにはとてもありがたい……」

「お客さんは、お年寄りというほどのお年ではないでしょう」

かわいい笑みを浮かべて若い娘がいった。世辞《せじ》だと珠吉にはむろんわかっていたが、面と向かっていわれると、やはり心弾むものがあった。なるほどな、と納得した。

——こういうやりとりを、伊助は楽しんでいるんだな。

それからその娘としばらく話をし、麦茶のおかわりをしたりして、珠吉は麦湯店でときを潰した。

麦湯店に入って半刻ほどしたとき、富士太郎たちが戻ってきた。息せき切って麦湯店に飛び込んでくる。珠吉が予測していたより、かなり早い戻りだった。

「ああ、珠吉。生きていたね」

珠吉を目の当たりにした富士太郎が、安堵の息を盛大に吐いた。

「当たり前ですよ」

富士太郎を見返して珠吉は眉間にしわを盛り上がらせた。

「そんなにたやすく、くたばってたまるもんですかい」

「とにかく、珠吉が生きてててよかったよ」

気がかりの色を表情からすっかり消して、富士太郎が珠吉の隣に腰かける。

「伊助も座りな」

ありがとうございます、といって伊助が珠吉の横にそっと腰を下ろした。富士太郎が娘に麦茶を注文する。

「珠吉、具合はどうだい」

富士太郎がまじめな顔できいてきた。

「いえ、あれからなんともありゃしません。休んだのがよかったんでしょう」

「それならいいんだ。でも珠吉、一度、医者に診《み》てもらうほうがいいよ」

「ええ、あっしも長生きしたいですから、そうしますよ」

「約束だよ」

「ええ、必ず医者に行きます」

「秀士館の雄哲《ゆうてつ》先生がいいんじゃないのかい」

「ああ、名医ですものね。あっしも雄哲先生に診てもらいたいですね」

「だったら、近いうちに秀士館に行くことにしよう」

「えっ、旦那もついてくるんですかい」

「当たり前だよ。せっかく珠吉が医者に診てもらう気になったのに、心変わりされちゃあ、困るからね」

富士太郎が、ふう、と息をついた。珠吉は富士太郎の横顔を見た。

少し疲れているようだ。それも当然だろう。真夏のような暑さの中、小石川原町まで行き、またここまで戻ってきたのだから。

――俺のことが心配で一所懸命、走ってくれたんだろうな。

そのことを思っただけで、珠吉は胸が一杯になった。

――旦那、ありがとうございます。

「うん、珠吉、なにかいったかい」

珠吉の心の声が聞こえたかのように、富士太郎が顔を向けてきた。

「いえ、なにもいってませんよ」

「そうかい、声が聞こえたような気がしたんだけど……」

旦那、と珠吉は呼んだ。

「それにしても、ずいぶん早い戻りでしたね。あっしは、あと半刻はかかると踏んでいましたよ」

「意外に早く、かたが付いたんだよ」

どういうことがあったか、富士太郎が語りはじめる。

「三味線の師匠だった周七の弟子は、晋二郎《しんじろう》といったんだけど、もう死んでいたんだ」

「えっ、鹿右衛門に殺《や》られちまったんですか」

そうじゃないんだ、といって富士太郎が首を横に振った。

「鹿右衛門が男妾にしようとしていたのはまちがいないようなんだけど、晋二郎は周七に三味線を習っている最中、急に意識を失い、その場で死んでしまったそうだ。そのとき鹿右衛門も一緒にいたらしいよ」

その言葉を聞いて、珠吉は腑に落ちるものを感じた。

「晋二郎が死んでしまったから、鹿右衛門は三味線を習うのをやめたんですね」

「そういうことだよ。目当ての男がいなくなっちまって、三味線を習う意味がなくなったんだ」

娘が持ってきた麦茶を、富士太郎がごくりと飲んだ。

「ああ、おいしいねえ」

柔和《にゅうわ》に笑《え》んだが、富士太郎がすぐに表情を引き締めた。

「鹿右衛門の行方は、いまだに不明のままだよ。一刻も早く、とっ捕まえなきゃいけないのに……」

富士太郎が悔《くや》しげに唇を噛み締め、珠吉を案ずるように見た。

「旦那、大丈夫ですよ。あっしは殺し屋如きにやられはしませんから」

うん、と富士太郎が点頭《てんとう》した。

「おいらも力の限り、珠吉を守るよ」

これまで富士太郎には何度も同じことをいわれたが、そのたびに珠吉は感謝の思いを抱いた。常に富士太郎の本気が伝わってくるからだ。

「ええ、頼りにしていますよ」

そのとき尿意を催し、珠吉は厠《かわや》を借りた。殺し屋に狙われていることを意識しながら、小用を足す。

珠吉が厠から戻ると、富士太郎も伊助も麦茶を飲み干していた。

「よし、珠吉。殺しに病死、今日はいろいろありすぎた。ほんとうに長い一日だったね。もう終いにして、番所に帰るとしよう」

珠吉を見て富士太郎が宣《せん》するようにいった。

「今日、鹿右衛門を引っ捕らえられなかったのは腹が煮えてならないけれど、明日またがんばればいい。明日は必ず捕らえられるよ」

いつしか夜になっていて、空には星が瞬《またた》いていた。

日が落ちて少し暑さが和《やわ》らいだらしく、涼しい風が吹きはじめているようだ。

行きかう人たちも昼間に比べて、ずいぶん多くなった気がする。

珠吉の分を含め、富士太郎がすべての麦茶代を支払ってくれた。

「よし、行こう」

麦湯店を出た富士太郎が、珠吉を狙う殺し屋に用心しているのか、あたりに鋭い警戒の目を投げつつ歩き出した。

――まったくありがたい御仁《ごじん》だ。

よくこれほどまでに正義の心が強い人が、と珠吉は思った。この世に生まれ出てくれたものだ。

しかも珠吉のことを、力を尽くして守ろうとしてくれている。

珠吉は、富士太郎に向かって手を合わせたいくらいだ。

――ありがとうごぜえやす、旦那。

深い感謝の思いを胸に、珠吉は富士太郎の背中に目を当てて歩きはじめた。

第二章

一

あまり眠れなかった。

夜、寝ているあいだに、殺し屋に襲われるのではないかという恐怖があったためだ。

用心棒を雇うほうがいいんじゃないかい、と昨日の別れ際、富士太郎にいわれたが、町奉行所内の狭い長屋で用心棒と一緒では息が詰まるだろうし、女房のおつなも嫌がるだろう。それに、腕利きの用心棒がすぐ見つかるとも思えない。

珠吉は、ひとまず様子を見ることにした。

――用心棒を雇ったところで、結局は自分の身は自分で守るしかねえんだ。

それに、眠れない理由はもう一つあった。昨日の胸の痛みである。

眠りに落ちたら最後、心の臓が止まり、二度と目を覚まさないのではないか、という不安が脳裏をよぎるのだ。

そのせいで昨夜はうとうとしてはすぐに目を覚まし、ああ、生きていたか、と何度も胸をなでおろしていた。

とにかく、どうにか無事に朝を迎えることができた。

――そうさ、俺はたやすくたばったりはしねえ。この先もずっと生き抜いてやる。

改めて固い決意を胸に刻んで、珠吉はおつながつくった朝餉《あさげ》を食した。しかしあまり食い気がなく、箸が進まない。

「どうしたんだい、おまえさん。ぼうっとして……」

怪訝《けげん》そうにおつなにいわれた。

「もしかして眠れなかったのかい」

「ああ、あまり眠れなかった……」

「殺し屋がおまえさんを狙ってるんだもの、ぐっすり眠れるほうがどうかしてるよ。どんなに肝《きも》が据わっている人だって、いつ襲われるかわからないんじゃや、そうそう眠れるものじゃないしね」

どんな経緯《いきさつ》で殺し屋に狙われることになったか、昨夜のうちに珠吉はおつなにしっかりと説明しておいた。

心配をかけたくなかったが、殺し屋に狙われていることを黙っていたところで、長年連れ添ってきた古女房が気づかないはずがない。

そうであるなら、いっそすべてを洗いざらい伝えたほうがおつなの身を守るためにもなると判断したのだ。

「殺し屋のことが気になって、朝餉が喉を通らないのかい」

「いや、もうこうして起きているから、殺し屋は怖くねえ。俺はそこまで臆病じゃねえよ」

「じゃあ、胸の痛みのほうかい」

ああ、と珠吉は認めた。

「また胸が痛くなるんじゃねえかと思ってな。昨晩はそれもあってよく眠れなかった」

「ああ、そうだったの……」

「だが、おめえとこんな風に話しているうちに気持ちも落ち着いてきた。腹も空いてきたよ」

「それはよかった。食欲があるのは、体が食べ物を欲してる証《あかし》だからね。またすぐ元気になるよ」

「それならいいんだが……」

「それに、朝餉はしっかりとっておくほうがいいみたいだよ。そのほうが、やる気が出るって話らしいし」

　ほう、と珠吉は吐息を漏らした。

「それが本当なら、なんとしても食べていかなきゃな」

　珠吉は納豆《なっとう》に醬油をかけ、箸でかき混ぜた。それを飯の上にのせ、かき込むようにして食べはじめた。

　おまえさん、とおつなが呼んだ。なんだ、と思って見ると、おつなが怒ったような表情で珠吉をにらみつけていた。

　その顔を見て、珠吉は戸惑った。

「どうした、おつな。そんな怖い顔をして」

「おまえさん、よく嚙んで食べておくれ」

　少し穏やかな顔になっておつながいった。

「いつもいってるけど、食事はゆっくり食べなきゃいけないんだよ。ろくに嚙まずに丸飲みしてたら、体によくないからね。長生きしたいなら、よく嚙むことだよ」

　よく嚙むことが長生きの秘訣だと、珠吉も耳にしたことがある。老人でも歯を失い、あまり嚙めなくなった者から順に死んでいく、とどこかの医者がいっていた。

「ものを嚙むために歯があるんだよ。おまえさんは六十四なのに、幸いにして歯がほとんど残っているじゃないか。それを活《い》かさない手はないよ」

「本当だな。これからは、長生きするためによく嚙むことにしなきゃあな」

「それがいいよ。あたしもよく嚙むようにする。二人で長生きして、お伊勢参りに行こうじゃないか」

「そいつは楽しみだ。年が明けたら俺も六十五だからな。仕事をやめて、お伊勢参りに行こうか」

　しみじみとした目で、おつなが珠吉を見る。

「おまえさんが隠居とはねえ……」

　信じられないという表情で首を横に振る。

「今の旦那のことが前の旦那以上に好きだから、死ぬまで中間を務めるんだと思っていたよ。だけど、そういうわけにはいかないんだね……」

残念そうにおつなが目を落とす。

「おめえには昨晩《ゆうべ》も話したが、ちっと走ったくらいで胸が痛くなるようじゃあ、中間としてはもう駄目だ。使い物にならねえ」

悔しさが募ってきた珠吉は唇を嚙み締めた。

「旦那にもいわれたが、この歳でがんばり過ぎたら、そのうちぶっ倒れちまう。そんなことになったら、探索の足手まといになるからな。中間が足を引っ張るようなことがあっちゃあならねえ。とうとう引け時が来ちまったってことさ……」

寂しくてならないが、後進を鍛え、道を譲ることは誰もがしてきたことだ。自分だけが例外でいられるわけがない。

「仕方ないわね」

どこかさばさばとした口調で、おつながいった。

「おまえさんもほかの人と同じく、老後を楽しめばよいと、お天道《てんとう》さまがいってくださってるんだよ」

「そうかもしれねえ」

「これからも安穏として暮らしていけるように、おまえさん、ちゃんとお医者に行っておくれよ」

「よくわかっている」

力強い声で珠吉は請け合った。

「まずは鹿右衛門をとっ捕まえて、殺し屋のことを吐かせなきゃならねえ。そのあとに殺し屋もふん縛ったら、医者に行くつもりさ」

「医者に行く前に死ぬなんてこと、ないだろうね。縁起《えんぎ》でもないことをいうようだけど」

ははは、と珠吉は余裕の笑いを見せた。

「そんなにたやすく、くたばってたまるかい。俺はおめえとお伊勢参りに行くんだからな。必ずうつつにしてみせるぜ」

「それだけの心意気があるんなら、すぐには死にそうもないね。安心したよ」

安心したか、と珠吉は思った。

――おつなは俺に負担をかけねえように明るく振る舞っちゃあいるが、本当は心配で仕方ねえんだな。

おつなのためにも、と珠吉は思った。今くたばるわけにはいかない。

――生き抜いてやる。

食事を終え、茶を飲み干した珠吉は出仕《しゅっし》の用意を万端《ばんたん》ととのえた。行ってくる、と告げて立ち上がる。土間に下りて雪駄を履き、障子戸を開けた。

眩しさに目をしばたたいた。今日も太陽は朝から元気がいい。

こいつはたまらねえな、と珠吉はつぶやいたが、朝方は大気がひんやりとしており、昼間よりもずっと過ごしやすかった。この涼しさが続いてくれたら、胸の痛みも起きないのではないかと思えた。

「よし、行ってくるぜ」

見送りに出てきたおつなにいったとき、朝日を背にしてこちらに駆けてくる者に珠吉は気づいた。

「あれは、伊助じゃねえか」

伊助は珠吉と同様、南町奉行所の中間長屋で暮らしているが、敷地内の別の区域に住んでいる。

「なにかあったのかしら」

一目散に走ってくる伊助を見て、おつなが不安そうに言葉を漏らす。

「うん、あったんだろうな」

飛ぶように近づいてきて、伊助が珠吉の前で足を止めた。血相《けっそう》を変えている。

よほどのことがあったのだと珠吉は覚った。

「おはようございます」

息を切らすことなく伊助が珠吉とおつなに挨拶する。おつなが丁寧に返す。珠吉は挨拶もそこそこに伊助にきいた。

「伊助、なにがあったんだい」

ごくりと唾を飲み込んだ伊助があらましを語りはじめた。

「なんだとっ」

珠吉の口から、我知らず怒声のようなものが出ていた。

「伊助、そいつは本当なのか」

ええ、と伊助が冷静に顎を引いた。

「先ほど白山門前町の町役人から、知らせがあったようなので、まず本当のことかと……」

そうかい、と珠吉は軽い口調でいったものの、平静ではいられない。

「旦那には知らせたのか。まだ出仕前のはずだが」

はい、と伊助が首を縦に振った。

「別の者が、お屋敷に知らせに走ったみたいです。珠吉さん、どうしますか。旦那のお屋敷にまいりますか」

「そうするほうがいいだろう」

咄嗟に珠吉は判断した。

「どのみち白山門前町に行かなきゃならねえんだ。旦那の屋敷から一緒に行くほうが無駄がねえ」

「ならば、まいりますか」

珠吉を見つめて伊助がいざなう。

「ああ、すぐに行こう」

珠吉は素早く歩き出した。失礼いたします、と伊助がおつなに辞儀した。おつなが、行ってらっしゃい、と少し若やいだ声を出した。

おつなも伊助のことを気に入ってるようだな、と珠吉はきびきびと歩を進めながら思った。世の中にはもてる男というのが、確実に存在するのだ。

伊助を間近で見ていて、珠吉はそれを思い知った気分だ。

だが、今はそんなことを考えている場合ではない。なにしろ伊助が、鹿右衛門が死んだとの知らせをもたらしたからだ。

しかも、鹿右衛門は若い男と心中を遂げたらしい。

――くそう、どうすりゃあいいんだ。鹿右衛門が死んじまったら、殺し屋のことを知る者がいなくなっちまうじゃねえか。

鹿右衛門の死の知らせが誤ったものであってほしいと珠吉は望んだが、たいていの場合、そんな願いは叶わない。

珠吉たちはあっという間に町奉行所の大門を出た。太陽は昇りつつあるが、まだ大した暑さではない。

この調子であまり元気にならねえでほしいな、と珠吉は太陽を見上げつつ思った。珠吉と伊助は、八丁堀に向かって道を駆けはじめた。

「伊助、もっと急げ」

走りながらいつもより伊助の足が遅いことに、珠吉は気づいた。

「俺に遠慮することはねえぞ」

「いえ、しかし……」

「本当に遠慮など、いらねえんだ」

できるだけ優しい声を出し、珠吉は伊助にいって聞かせた。

「もし走り続けられねえと思ったら、俺は勝手に足を止める。そのとき伊助は、俺を気にせず行ってくれればいい。白山権現にも、旦那と一緒に行ってくれ。俺はあとから必ず向かうから」

ちらりと伊助が振り向いて珠吉を見る。伊助は真剣な顔をしていた。

「わかりました。では珠吉さん、お言葉に甘えて急ぎます」

「ああ、それでいい」

いきなり伊助の走りが速くなった。それでもついていくのはさほど難しくなさそうだったが、また胸が痛み出すのではないかと不安になる。

だが、ここは腹をくくるしかない。また胸が痛くなったら、伊助にいった通り、休めばよいだけの話だ。少し休息を取れば、胸の痛みはおさまってくれるのではないか。

——そうに決まっているさ。

結局、胸に痛みを覚えることなく、伊助の先導で珠吉は樺山屋敷に到着した。何ともなかったと胸をなでおろす。

珠吉たちがやってくると予期していたのだろう、富士太郎が木戸門の前で待っていた。

「二人とも、よく来てくれたね」

笑顔で富士太郎が珠吉たちを出迎えた。

「もし二人が来そうになかったら、番所に行こうと思っていたけど、こっちに来てくれて助かったよ」

「旦那、だいぶ待たせちまったんじゃありませんかい」

珠吉がきくと、富士太郎が、そんなことはないよ、と微笑とともに打ち消した。

「大して待っていないから、気にしなくていいよ。ところで珠吉」

「なんですかい」

「だいぶ急いで来たようだけど、胸は痛くないかい」

笑みを消し、富士太郎が気がかりそうにきいてきた。

「痛くありません」

胸を張って珠吉は答えた。

「白山権現までだって、今から一気に走っていけるくらいですぜ」

「それは頼もしいけど、無理は禁物だよ。倒れちまったら、それこそ元も子もないからね」

「ええ、そいつはよくわかっています」

殊勝《しゅしょう》な顔をつくって珠吉は小さく笑った。富士太郎がまた、珠吉、と呼んだ。

「昨晩は、周囲に殺し屋の気配はなかったんだね」

「ええ、ありませんでした」

「よく眠れたかい」

もちろんですよ、といいたかったが、いくら心配をかけないためとはいえ、富士太郎に嘘はつきたくない。

「実はあまり……」

「やはりそうなのかい……」

そのとき珠吉は、富士太郎の目が少し赤いことに気づいた。

「もしや旦那も眠りが足りてねえんじゃありませんかい」

「実はそうなんだよ」

もしや俺のことを案じてじゃねえだろうな、と珠吉は思った。富士太郎なら十分にあり得ることだ。

「珠吉のことが心配でならなかったんだよ」

「そいつぁ、申し訳ありません」

「珠吉とおつなをうちの屋敷に呼ぶほうがよかったんじゃないかって、後悔していたんだ」

ここまで自分のことを思ってくれる富士太郎の存在がありがたい。込み上げてくる感情に、目頭が熱くなる。下を向いて涙をこらえていると、富士太郎の張りのある声が聞こえてきた。

「よし、珠吉、伊助、行こうか」

富士太郎が足早に歩き出すと、伊助がすぐに先導をはじめた。にじむ涙を手で拭いて、珠吉はいつものように富士太郎の後ろについた。

不意に富士太郎が振り返り、珠吉をじっと見る。涙を拭いたところを見られてしまっただろうか、と珠吉は案じた。

「旦那、どうかしましたかい。また頭をぶつけますぜ」

だが富士太郎は珠吉の軽口に応じなかった。

「珠吉は殺し屋に狙われているんだから、背中をさらさないほうがいいね。今になってそのことに思い至るなんて、遅すぎるくらいだけどさ」

確かに、殿《しんがり》を務める珠吉の背中はがら空きである。

殺し屋に背後を取られてしまったら、珠吉は殺されたことに気づく間もなく、あの世に行くことになってしまう。

「旦那、そこまで気にすることはないんじゃありませんかい」

「いや、気にすべきだよ。おいらが珠吉の後ろを守るよ」

いえ、と珠吉はあわてていった。

「あっしが偉そうに旦那の前を行くわけにはいきませんよ」

「今は緊急のときだからね。そんなことをいっている場合じゃないよ。珠吉、おいらの前に来るんだ」

「しかし……」

「四の五のいってないで、珠吉、さっさとこっちに来な」

富士太郎に強くいわれて、珠吉はしぶしぶその命《めい》に従った。

二

それにしても、と珠吉は前を行く伊助の背中を見つめて思った。

――またしても白山権現かい……。

白山権現が鎮座《ちんざ》する門前町で、続けざまに心中事件が起きるなど、信じられない。

つい先日、白山門前町では、燕集屋《えんしゅうや》という油問屋の跡取りの貫太郎《かんたろう》と、貫太郎の元女房のおるいが心中したばかりなのだ。

もっとも、心中といっても、元女房に強い未練を抱いていた貫太郎が、死ぬ気のなかったおるいを無理やりに殺し、自分も剃刀《かみそり》で首を切って自死したというのが、富士太郎と珠吉の見立てである。

そして、と伊助に遅れないように足を急がせながら珠吉は思った。今回の心中の当事者は鹿右衛門なのだ。

女にはまるで興味がなく、とにかく男が大好きだったらしい鹿右衛門だけに、心中の相手も男だという。

南町奉行所に一報が入った時点では、心中の相手が誰なのか、まだわかっていなかったらしいが、今頃は明らかになっていることだろう。

くそう、と珠吉は心の中で毒づいた。

——鹿右衛門がこの世からいなくなった今、どうやって殺し屋のことを調べ上げればいいんだい……。

途方に暮れる思いだ。奥歯を嚙み締め、いや、と珠吉は胸中でかぶりを振った。

——鹿右衛門が死んでしまった今、自分でなんとかするしかねえ。それしか道はねえんだ。

しっかりしろ、と珠吉は自らに気合を入れ直した。こんなことでへこたれている場合ではない。なにしろ、自分の命がかかっているのだ。

もし自分が死んでしまったら、おつなはひどく悲しむだろう。その先の暮らしだって、いくら富士太郎がいてくれるといっても、おぼつかないものになろう。

——俺は、まだまだ死ねねえ。

自分にはおつなを守るという使命がある。それに、と珠吉は思った。

——仮に鹿右衛門を捕らえて殺し屋のことを白状させようとしても、鹿右衛門が本当のことをいうとは限らねえ。端《はな》から鹿右衛門なんて当てにせず、殺し屋を捜さなきゃならなかったんだ。

負けてたまるかい、と珠吉は全身に闘志をみなぎらせた。

——来るなら、来い。鉄三のように返り討ちにしてやる。俺は必ず生き残ってやるからな。見てやがれ。

「珠吉、どうかしたかい」

後ろから富士太郎が声をかけてくる。

「なにやら、うなっているみたいだけど」

——あれ、いま声が出ていたのか……。

そういえば、と珠吉は思い出した。前にも頭で考えていたことを、知らないうちに口にしたことがあり、富士太郎に心配されたことがあった。

前方に軒柱などが立っていないことを確かめてから、珠吉は富士太郎を振り返った。

「鹿右衛門が死んだと聞いて、どうすればいいんだ、といっとき落胆したんですが、殺し屋の探索に関しては、もともと自分でなんとかしなきゃいけなかったことに気づいて、心の中で気勢を上げていたんですよ」

「ああ、そうだったのかい」

富士太郎が、合点がいったような顔をする。

「逆境にめげないなんて、さすがは珠吉だね」

「めげていたら、殺し屋の思う壺《つぼ》でしょう」

「うん、ほんと、その通りだね」

珠吉を見て富士太郎が同意する。

「がっかりしていたら、殺し屋はその気持ちの隙に付け込んでくるだろうからね」

ええ、と珠吉はうなずいた。

「ですから、あっしは決して気落ちしねえと決めたんですよ」

「それがいいだろうね。とにかく殺し屋に隙を見せちゃあ、いけないよ」

その後、珠吉たちは無言で歩き、ひたすら白山権現を目指した。ただし珠吉だけは、襲いかかってくる者がいないか、神経を尖《とが》らせていた。

――殺し屋がどんな得物《えもの》を使うのか、どのような手立てで襲ってくるのか、まるでわからねえのが辛いな。常に気を張ってなきゃいけねえってのも、ずいぶんと骨だぜ。

だが、それも仕方がない。

――鉄三に俺が裏切ったと思わせたのがいけなかったんだ。俺が鉄三にもっと信用されていれば、津之助の出任《でまか》せで誤解をまねくことなんかなかった。

だがどんなに悔いたところで、もうどうにもならない。今はなんとしても、殺し屋を捜し出してふん縛るか、襲ってきたところを返り討ちにするしかないのだ。

八丁堀の樺山屋敷から、一刻ほどかかって珠吉たちは白山門前町にたどり着いた。

その頃には太陽が高く昇り、かなり暑くなってきていた。その上、急ぎ足でここまでやってきたから心の臓のことが心配でならなかったが、胸が痛くなるようなことはなく、珠吉は安堵の思いを抱いた。

——やはりあのとき必死に走ったことがいけなかったんだな……。

だからといって胸の痛みを怖がって、走れなくなるのも困る。逃走する罪人を追えなくなってしまうからだ。

——そのときは、腹を括《くく》るしかねえな。

それでもし心の臓が止まったら、運命だったとあきらめるしかないだろう。

——今はまだ旦那の中間を務めているんだ。本音ではまだ死にたくねえが、お役目の最中に死ぬんだったら、むしろ本望《ほんもう》だぜ。

歩を進めながら珠吉は、悲壮な決意をかためた。

白山権現の参道は蒸しており、ひどく暑い。前方に、わいわいと騒ぎ合っている野次馬《やじうま》たちの人垣が見えた。

このあいだの心中のときと同じだな、と参道を歩きつつ珠吉は思った。おそらく野次馬たちの向こう側に、鹿右衛門ともう一人の死骸があるのだろう。

「町方の旦那がお通りだっ。さあ、どいてくんなっ」

野次馬たちの背後に近づき、伊助が大音声《だいおんじょう》を張り上げた。すぐ後ろにいた珠吉も驚くほどの声である。

おっ、とか、えっ、とかいう声を出し、野次馬たちが後ろを一斉に見る。本当に町方のお出ましだぜ、早く通してやらなきゃならねえな、などと口々にいって野次馬たちがどいていく。

なかなか大したものだぜ、と珠吉は伊助を目で褒《ほ》めた。

野次馬たちが二つに割れて一本の道ができ、見通しが利くようになった。野次馬が近づけないよう、がっちりと張り巡らされた縄の向こうに、二つの筵《むしろ》の盛り上がりがあった。

富士太郎を先頭に珠吉たちが近づいていくと、白山門前町の町役人の岐三郎《きさぶろう》が出迎えた。

「樺山さま、ご足労、ありがとうございます」

岐三郎が丁寧に辞儀をする。

「なに、仕事だからね。それにしても岐三郎、また大変なことが起きちまったねえ」

表情を雲らせて富士太郎がいった。

「まったくでございますよ」

憤然《ふんぜん》とした面持ちで、岐三郎が首を左右に振った。

「なぜここでばかり相対死《あいたいじに》をするのか、迷惑この上ないですよ……」

「まったくだね。おまえさんの気持ちはよくわかるよ」

岐三郎を慰《なぐさ》めるようにいった富士太郎がすぐに言葉を続ける。

「ところで、死んだ一人は鹿右衛門と聞いたけど、身許《みもと》はすぐにわかったようだね。それはどうしてだい」

はい、と岐三郎が会釈気味に顎を引く。

「この近くの駒込追分町に住むお大尽《だいじん》ということで、この界隈《かいわい》に住んでいる者は鹿右衛門さんのことを知っておりました。むろん、手前も鹿右衛門さんが牛込白銀町にある稲木屋の元あるじだったということも知っておりました」

なるほど、そういうことだったのかい、と珠吉は納得した。

「もう一人の仏の身許は」

富士太郎に問われ、岐三郎が即答する。

「源六という若者です」

鹿右衛門は若い男と心中したのかい、と珠吉は苦々しく思った。

――老い先短い老人が、若者を道連れにしちまうとは、まったくなんてことをしやがるんだい……。

珠吉の中で怒りが込み上げてきた。

「源六は、この町の住人かい」

富士太郎の問いに、いいえ、と岐三郎が否定した。

「別の町の者でございます。ただ、若い娘たちのあいだでは美丈夫《びじょうふ》として評判の若者だったらしく、野次馬の中にいた若い娘が、その人は源六さんです、と言い切ったのでございます」

「それで身許が知れたのか……」

さようにございます、と岐三郎が認めた。

「若者といったけど、源六はいくつだったんだい」

富士太郎の問いに、岐三郎が暗い顔つきになった。

「まだ十六と聞いております」

なんだと、と珠吉は怒鳴りたくなった。

――鹿右衛門め、なんてことをしやがるんだ、鬼畜《きちく》め。

富士太郎も忌々《いまいま》しげに顔を歪めた。

「そいつは、またずいぶんと若いね……」

「ええ、なにも十六の若者を相手に選ぶことはないと手前も思います。亡くなった本人たちにも、いろいろな事情はあったのでございましょうが……」

どんな事情があったにしろ、と珠吉は思った。源六という若者を死なせた鹿右衛門を許すことはできない。

「源六という若者は何者だい」

富士太郎が岐三郎に新たな質問をした。

「はい、奈志田屋というお店の三男でございます」

「奈志田屋といえば、駒込上富士前町《かみふじまえちょう》にある味噌《みそ》醤油問屋だね」

その通りだ、と珠吉は思った。富士太郎を驚いたように見た岐三郎が、さすがだな、という顔をする。

「さようにございます。かなりの大店でございます」

「そうかい、源六は奈志田屋の三男坊だったのか……。奈志田屋には、もう知らせたんだろうね」

ええ、と岐三郎が肯《がえ》んじた。

「もちろん使いは走らせましたが、身許が知れるまでだいぶかかったものですから、まだ誰もいらっしゃいません」

このあいだの心中では、貫太郎が元女房のおるいを無理やり殺し、自ら命を絶ったことで、遺族同士の罵《のの》り合いになった。貫太郎の父親の基右衛門《もとえもん》は、顔を思い切り殴られた。

今回は鹿右衛門に身寄りがないようだから、遺《のこ》された者同士でもめることはなさそうだが、奈志田屋の者らは源六の遺骸を目の当たりにするや、泣き崩れるのではないだろうか。

「ところで、岐三郎」

富士太郎の呼びかけに、はい、と岐三郎が応じた。

「稲木屋には、使いを走らせたのかい」

はい、と岐三郎がうべなう。

「若い者を向かわせました。若い者はもう戻ってきましたが、稲木屋さんは、まだ誰も到着してませんね」

「来るとしたら、主人の惣之助だろうか」

「そうかもしれませんね。惣之助さんはしっかりしている方ですから、人任せにせず、自らいらっしゃるんじゃないでしょうか」

どうだろうか、と珠吉は心の中で首をひねった。昨日の惣之助の話ぶりからすると、鹿右衛門とあまり関わりを持とうとしていないように感じられた。

「惣之助さんは、鹿右衛門さんがあるじだったとき以上に稲木屋を大きくした人です。義理堅い人でもありますから、きっと駆けつけるのではないかと」

「ほう、そうかい。惣之助は稲木屋を大きくしたのかい」

富士太郎が感心したようにいった。珠吉は、昨日訪れた稲木屋の様子を脳裏に思い描いた。あれだけ大きな小間物問屋はなかなかないが、惣之助ががんばってつくり上げたものだったのだろう。

「そいつは大したものだね」

「はい、まったくでございます。ただ惣之助さんは、鹿右衛門さんが亡くなって、ほっとしたのではないかと……」

「それはどういうことだい」

すかさず富士太郎が突っ込んだ。

「ああ、済みません。口が滑《すべ》りました」

あわてたように岐三郎が口を押さえる。

「岐三郎、いったいどういうことなのか、話してもらおうか」

しまったな、という顔をしばらくしていたが、岐三郎が腹を決めたような表情になった。

「わかりました」

岐三郎が話しはじめるのを、富士太郎が待つ姿勢を取った。珠吉も聞き耳を立てる。

「実は、手前は惣之助さんとは、親しいお付き合いをさせてもらっています。手前の女房が稲木屋さんを贔屓《ひいき》にしておりまして、店を訪れるたびに惣之助さんはなにかと女房の相談にのってくれるのです。手前もその親切がうれしくて、惣之助さんと親しくなっていったのでございます」

「そうなんだね。それで」

岐三郎を見つめ、富士太郎が先を促《うなが》した。はい、といって岐三郎が息をついた。

「惣之助さんは稲木屋さんの番頭だったのですが、鹿右衛門さんから店を譲り受けました」

「鹿右衛門は、ただで惣之助に店を譲ったのかい」

富士太郎にきかれて岐三郎が、うーん、とうなって考え込む。すぐに面を上げた。

「ただ、というと、ちとちがうような気がいたしますね」

「それは、どういうことだい」

富士太郎が構えるような顔つきをする。珠吉も姿勢を改めた。

「実は惣之助さんは、鹿右衛門さんに毎年、お金を支払っていたのでございます」

ほう、と珠吉は吐息を漏らした。

「大金だったのかい」

興を抱いたように富士太郎が質す。

「大金でございます。なにしろ売上の一割というのでございますから」

「そいつはすごいね」

富士太郎が感嘆の声を放った。まったくでございます、と岐三郎が首を縦に振った。

「あれだけ繁盛している店の売上の一割ですから、惣之助さんも支払うのは大変だったのではないかと……」

「鹿右衛門が死んでくれて、惣之助がほっとしたのでは、とおまえさんがいうのも当然だね」

「鹿右衛門さんへの支払いは、かなりの重荷になっていたと存じますので……」

あの惣之助が、と珠吉は考えた。鹿右衛門をこの世から除くために、こたびの心中を仕組んだということはあり得るのか。

まずなかろうな、と珠吉は結論を下した。もしその犯罪が露見《ろけん》したら、惣之助はすべてを失うことになるのだ。

いくら鹿右衛門に売上の一割を払っているからといっても、稲木屋を譲ってくれた恩人でもあり、まさか殺そうという気にはならないのではないか。

惣之助自身、もし鹿右衛門を亡き者にしようというのなら、そんな危ない橋を渡るような真似はしないだろう。もっとうまい手を用いるのではあるまいか。それくらいの知恵は働きそうな男に見えた。

「こたびの一件に惣之助は、関わりはないだろうね」

顎に手をやりながら富士太郎が岐三郎にいった。

えっ、と岐三郎が驚く。

「こたびの一件が、惣之助さんに関わりがあるかもしれないと、樺山さまはお考えになったのでございますか」

「少し考えただけさ。その考えは、すぐさま頭から退《ど》けたよ」

「さようにございますか」

岐三郎、と富士太郎が呼んだ。

「うっかりきき忘れていたけど、備寛先生の検死はもう終わったのかい」

はい、と岐三郎が低頭した。

「終わりましてございます」

間を置くことなく岐三郎が答えた。

「半刻ほど前に二つの仏の検死を済ませ、お帰りになりました。留書《とめがき》はすぐに出します、とおっしゃっていました」

ならば、と珠吉は思った。死骸に触れたり動かしたりしても、構わないということだ。

「岐三郎、仏の顔を拝ませてもらうよ」

富士太郎が申し出ると、岐三郎が白山門前町の自身番付きとおぼしき若者に命じて、二つの筵をめくらせた。

七十を過ぎたくらいの老人と、二十歳前の若者の顔があらわれた。合掌《がっしょう》してから、珠吉はまず老人の顔をまじまじと見た。

——この男が鹿右衛門かい……。

顔に血しぶきが跳ね、着物にも血がべったりとついていた。両目を閉じているが、どこか満足げな笑みを、しわ深い顔に浮かべているように見える。

——いかにも、手前勝手そうな男だぜ。

この鹿右衛門が、鉄三に殺し屋を紹介したのは疑いようがない。鹿右衛門、と珠吉は心で呼びかけた。

——おめえは、将来ある若者を道連れにした。それは、決してやっちゃあならねえことだ。地獄に落ちたおめえは今頃、閻魔《えんま》と対面しているんじゃねえのか。そうに決まっている、と珠吉は思った。その直後、不意に脳裏をかすめていったことがあった。

——鹿右衛門は、いったいどうやって殺し屋のことを知ったんだろう。心中するのに、殺し屋はいらねえはずだ。

前に殺し屋を使ったことがあるのか。そうかもしれねえ、と珠吉は思った。店を大きくするのに邪魔だった者を亡き者にしたか、あるいは、男妾を巡って恋敵を消したか。

珠吉は、地獄に落ちた鹿右衛門が閻魔にさんざんなぶられてほしい、とまで願った。それからまた鹿右衛門の死骸に目を向けた。

――ふむ、鹿右衛門の命を奪ったのは、この喉の傷だな。

鹿右衛門は喉から、かなりの血を流していた。その傷は刃物で突いたように見える。自ら匕首かなにかで喉を刺したのだろうか。

だが、近くに凶器らしい物は見当たらない。

「ああ、そうだ」

ふと思い出したようにいって岐三郎が懐《ふところ》に手を入れ、袱紗包みを取り出す。

「こちらに凶器が入っております。お確かめください」

岐三郎にいわれて富士太郎が袱紗包みを受け取り、手の上でそっと開いた。血のついた匕首が出てきた。

これが二人の命を奪った匕首かい、と思い、珠吉はにらみつけた。

「これは、どこにあったんだい」

富士太郎が岐三郎に問うた。

「鹿右衛門さんの骸のそばに落ちていました」

そうかい、と富士太郎がいい、わかった、とうなずいた。

「この匕首は確かに受領したよ」

匕首を袱紗で包み直し、富士太郎が懐にしまい入れた。

それを見た珠吉は、今度は源六に眼差しを移した。源六は胸を匕首で突かれたようで、おびただしい血を流していた。

相当の出血をしているせいか、ひどく白い顔をしていた。それにもかかわらず、十六という歳にふさわしい若さを保っているように見えた。きりっとした面構えで、いかにも鹿右衛門のような者が、男妾に求めそうな男である。

心中してのけたということは、と珠吉は思案した。鹿右衛門が男妾になるよう迫ったが、それが叶いそうもなかったために、来世で一緒になることを願って死を選んだということか。

――それにしても、源六は役者になれそうなほど端整《たんせい》な顔立ちをしているな。これだけの美丈夫は、そうはいないだろうぜ。

奈志田屋という大店の三男に生まれ、これだけ恵まれた容貌をしていたら、どれほど明るい先行きが待っていたか。

こんなことになっちまって、と心の中で珠吉は源六に語りかけた。むろんなにも言葉は返ってこないが、おや、と小さく声を漏らし、源六の顔をじっと見た。

「珠吉、どうかしたかい」

珠吉のつぶやきが気になったらしく、富士太郎がきいてきた。

「源六さんですが、どこか無念そうな顔をしていませんか」

「えっ、そうかい。そいつは気づかなかったねえ。どれどれ」

改めて富士太郎が顔を近づけ、しばらく源六を凝視していた。ふむう、とうなるような声を出し、珠吉を見る。

「確かに悔しそうな顔をしているね」

いいながら富士太郎が険しい表情になった。

「このあいだのおるいさんも、無念そうな顔をしていましたね」

富士太郎を見つめて珠吉はいった。

「おるいが無念さを露《あら》わにしていたのは、好きでもない元亭主の貫太郎に無理やり道連れにされたからだったね。すると、源六も……」

「同じだと、あっしは思いますよ」

富士太郎を見返して珠吉は断じた。

「こんなに若い源六が、鹿右衛門のような醜い老人との心中を選ぶなんて、考えられませんよ」

表情からして、珠吉の横にいる伊助も同意見のようだ。

「確かにね……」

つぶやくようにいって富士太郎が、今の会話を興味深そうに聞いていた岐三郎を見る。

「備寛先生は、二つの仏についてなにかいっていたかい」

はい、と答え、岐三郎が軽く咳払いをした。

「源六さんは、胸を刃物で一突きにされているとのことでした。凶器は先ほどの匕首でございます」

舌で唇を湿してから岐三郎が続ける。

「匕首の刃は心の臓には届いておらず、源六さんの肋骨を擦っているそうにございます」

そいつは行之助のときと同じだな、と珠吉は思った。鹿右衛門が匕首で源六を手にかけたのは、疑いようのない事実だろう。

「鹿右衛門の骸について、備寛先生はなんとおっしゃっていた」

はい、と岐三郎が小腰をかがめ、二つの骸の筵をもとに戻した。鹿右衛門と源六の顔が、珠吉の視界から消えた。

「喉への一突きが、鹿右衛門さんの命を奪ったそうにございます。喉以外に傷はないとのことにございました」

「そうかい、よくわかったよ。岐三郎、ありがとう」

礼を口にして、富士太郎がさらに岐三郎にたずねる。

「二人が死んだ刻限について、備寛先生はおっしゃっていたかい」

はい、と岐三郎が顎を引いた。

「夜の八つから今朝の六つまでのあいだではないか、とのことでございました」

「深夜から明け方にかけてか……」

珠吉の見立ても、だいたいそんな感じだった。富士太郎も似たようなものだろう。

――二人で死ぬのに、鹿右衛門が人《ひと》けのない刻限を選んだということなんだろうな。

そのとき不意に背後の野次馬たちが騒ぎはじめた。珠吉は後ろに顔を向けた。誰かがやってきたらしく、野次馬たちが、またぞろぞろと横にどいていく。誰が来たのか、珠吉は考えるまでもなかった。

野次馬たちの壁が割れて、十人ばかりの男女が姿を見せた。いずれも悲しみに打ちひしがれている。最後方にいる二人は戸板を運んできたようだ。

「奈志田屋さんたちがお見えになりました」

同情を露わにした顔でいい、岐三郎がこっちだというように手招く。

奈志田屋の者たちが、足取りも重く近づいてきた。自身番付きの若者が縄を上げると、頭を低くしてくぐり、筵の盛り上がりのそばで足を止めた。全員が、今にも泣き出しそうな顔で筵をじっと見ている。

「まずは、どなたかご遺体の確認をお願いできますか」

岐三郎は言葉を絞り出した。

「はい、では手前が……」

がっしりとした男が力のない声でいった。体つきも顔も源六に似ている。源六の父親だろう。

その隣に立っている中年の女が、源六の母親にちがいない。

母親の横に並んでいる二十代の若い二人の男は、源六の兄たちか。源六の両親より歳がいっている三人の男は、奈志田屋の番頭だろうか。親類の者かもしれない。

番頭と思える三人の背後に立っている、やや若い男は手代ではないだろうか。

一番端に、二人の女が遠慮がちに控えている。一人はまだ十五、六歳に見える。もう一人の女は、三十代半ばくらいだ。

どうやら母娘《おやこ》のようだな、と珠吉は見当をつけたが、その二人と源六がどういう関係なのか、今のところわからない。

娘のほうはすでに泣きはらしており、立っているのがやっとだ。それを隣の母親が支えているといった風情である。

自身番付きの若者が、源六の筵をそっとめくった。

源六の顔があらわれ、奈志田屋の者たちが、ああ、と一斉に悲鳴のような声を上げた。誰もが顔をくしゃくしゃにし、うつむいて泣きはじめる。

源六の母親が泣き崩れ、遺骸にすがって号泣する。

一番端にいた娘がよろよろと一人で歩き、源六の骸の前で立ち止まった。源六をしばらく虚《うつ》ろな目で見ていたが、どうしてっ、と叫ぶやしゃがみ込んだ。なぜ、どうして、と続けざまに声を上げる。

どうやら源六と恋仲だったようだ。愛しい男にわけもわからず死なれては、その死が納得できるはずもない。

――かわいそうに……。

珠吉の中で、鹿右衛門への憎しみが改めて膨《ふく》れ上がる。もし鹿右衛門が今も生きているのなら、思い切り殴りつけたい気分だ。

だが、そんなことは天地がひっくり返ってもできない。怒りの矛先《ほこさき》をどこにも向けようがなく、珠吉は目を閉じた。深く息を吸い込んでそのままの姿勢でいると、少しだけ気持ちが落ち着いた。

やがて泣き止んだ恋仲の娘はよろけつつも立ち上がり、虚ろな目を源六の骸に当てた。

——存分に泣いて、少しは気が安らいだようだな……。

「あの、お役人」

源六の父親が富士太郎に近づき、声をかけてきた。

「なにかな」

富士太郎が顔を向け、優しい口調で質した。

「手前は奈志田屋のあるじで拓太郎《たくたろう》と申します」

悲しみをこらえた顔で拓太郎が挨拶する。

「こたびは大変なことになってしまったね。力を落とさないようにね」

拓太郎の苦しみをなだめるように富士太郎がいった。

「はい、ありがとうございます」

目に浮いた涙を指でそっと拭き、拓太郎が礼を述べた。

「いい遅れたけど、おいらは南町奉行所の定町廻り同心の樺山というよ」

穏やかな口ぶりで名乗った富士太郎が続ける。

「それで拓太郎、おいらになにかききたいことがあるんじゃないかい」

ふと珠吉は奈志田屋の者が板戸を用意していたことを思い出した。富士太郎はそのことに、すでに思い至っているようだ。

「もしや源六の骸のことかい」

さようでございます、と拓太郎が肯定する。

「あの、樺山さま。せがれの骸を引き取っても、よろしゅうございますか」

拓太郎にきかれて、富士太郎が少し苦しげな表情になった。

「それができないんだよ」

いかにも済まなそうに富士太郎が謝る。

「えっ、なぜでございますか」

嘘だろう、といいたげに拓太郎が富士太郎にたずねる。

「相対死の場合、骸はそのまま打ち捨てにしておかなきゃ、いけないんだ。相対死が広まらないよう、公儀が厳格に定めている」

「そ、そんな……」

まさかそんな決まりがあるとは知らなかったようで、拓太郎が絶句する。

富士太郎が拓太郎を凝視《ぎょうし》し、それからちらりと珠吉を見た。また例の手を使うしかないだろうな、と珠吉は思い、富士太郎にうなずいてみせた。

うなずき返してきた富士太郎が、ちょっとこっちに来ておくれ、と拓太郎を人けのないところに引っ張っていく。

富士太郎の周りに人が寄りつかないよう、珠吉もついていった。

「あ、あの、なにか」

当惑している様子の拓太郎が富士太郎にきいた。いいかい、と富士太郎がいった。

「今からおいらは独り言をいうよ。あくまでも独り言で、おまえさんに聞かせるものじゃないからね。でも勝手におまえさんの耳に入っていく分には、おいらにはどうすることもできない」

「はあ、わかりました」

拓太郎が曖昧なうなずき方をした。富士太郎が深い呼吸をし、独り言を口にしはじめた。

「ここは夜になれば、仏を見張る者はいなくなる。そのときに、もし仏が消えたとしても、誰も文句はいわない。仏を探そうとする者もいない。そんな面倒なとは誰もしたくないからね」

いったん富士太郎が言葉を切った。

「ただし、誰にも見られないよう仏には消えてもらわないといけない。それだけは、しっかりやってもらわないと」

いい終えて富士太郎が口を閉じ、拓太郎に目を転じる。

「今のが、おいらの独り言だよ」

「か、樺山さま、ありがとうございます」

富士太郎の情けに拓太郎が涙を流しながら礼をいい、深くこうべを垂《た》れた。

「もう一度いうけど、拓太郎、力落としのないようにね。でも、そうはいってもやはり無理だね……」

はい、とため息をつくようにいって拓太郎が下を向いた。

「最愛の息子を失って、気落ちするなというほうが無理というものです」

「まあ、そうだよね」

申し訳なさそうに富士太郎が首を横に振る。

「しかし樺山さまのおかげで、少しは前を向けそうな気がいたします。では、これにて失礼いたします」

「ああ、拓太郎。ちょっと待ってくれるかい」

去ろうとしていた拓太郎を、富士太郎が呼び止めた。

拓太郎が富士太郎に向き直る。

「一つききたいことがあるんだ。昨日、源六はなにをしていたんだい。行動を教えてほしいんだが」

はい、と拓太郎がかしこまった。考えをまとめるような顔をしたあと、暗い表情で話し出した。

「昼前から剣術の道場に行っておりました。七つ頃に店に戻ってまいりました。奉公人に混じって店仕舞いを手伝ったのち、許嫁《いいなずけ》に会いに出かけました」

十六だというのに源六さんには許嫁がいたのかい、と珠吉は瞠目した。さっき、亡骸にすがって号泣していた娘がそうだろう。今は泣きやんでいるが、天を見上げてどこか呆然としている。

「源六が店に戻ってきたのは、いつだい」

それが、といって拓太郎が言葉を途切れさせた。

「昨夜、源六は戻ってこなかったのでございます」

富士太郎が珠吉に眼差しを向けてきた。

「いつになっても帰ってこないので、手前はまず、源六の許嫁の店に奉公人を走らせました」

許嫁はおこん、といい、広国屋《こうこくや》という味噌醤油問屋の一人娘とのことだ。広国屋は本郷菊坂台町《ほんごうきくざかだいまち》にあるという。

「そうかい、奈志田屋とは同業だったのか。それで」

「おこんちゃんによると、源六には広国屋まで送ってもらい、五つ過ぎに店の前で別れたとのことでございました」

「本郷菊坂台町から駒込上富士前町まで、日光街道《にっこうかいどう》に出れば一本で行けるね」

「さようにございます」

拓太郎が涙をこらえる顔になった。

「奉公人総出で、日光街道沿いを捜しました。しかし、源六を見つけられないいま朝を迎えてしまいました」

無念そうに拓太郎が下を向いた。

「よくわかったよ、拓太郎。ありがとう」

いえ、と力の籠もっていない声で拓太郎がいい、ゆっくりと歩き出した。家人や奉公人のもとに戻っていき、思い直したように女房になにかささやきはじめる。富士太郎から聞いた言葉を、伝えているのだろう。

涙を拭った女房が名残惜しげに源六を見、それから歩きはじめた。拓太郎が他の者に声をかける。

源六の許嫁のおこんも含め、全員がその場を引き上げていく。後ろ髪を引かれる思いなのだろう。誰もが、今すぐに骸を引き取って一緒に帰りたい、と思っているのではないだろうか。

おこんは歩きながら何度も振り返っては、いつまでも源六を見つめていた。

——骸を引き取れるということで、少しは慰めになったかな……。

そうであってくれればよいが、と珠吉が思ったそのとき、ふと視界に見知った男が入り込んできた。目を上げてそちらを見ると、湯瀬直之進が歩いてくるところだった。

見まちがいではないかと思って、まじまじと見たが、紛《まぎ》れもなく直之進本人だ。

「直之進さん」

富士太郎も気づいて声を発した。

直之進は、門人らしい二人の男を連れてきていた。こちらに近づいてきて、縄の前で足を止める。

自身番付きの若者が、何者だ、というように直之進を無遠慮にじろじろ見る。

「その人は、おいらの知り合いだ。入れてやってくれ」

すかさず富士太郎が若者に指示した。わかりました、と答えて若者が縄を上げた。

会釈して直之進たち三人が縄をくぐり、珠吉たちのほうへやってきた。

「富士太郎さん、珠吉、伊助」

三人の名を呼び、直之進が富士太郎の前に立った。二人の門人らしい男は、直之進の背後に控えた。

「直之進さん、どうしてここに」

当然の問いを富士太郎が投げた。

「源六が秀士館の門人だからだ」

ええっ、と富士太郎が声を出す。珠吉も驚愕した。

直之進が源六の遺骸に真剣な目を当てる。むう、とうめくような声を出した。

「紛れもなく源六だ……」

絶望したような表情になり、直之進が悔しげに拳をかたく握り締める。腕がぶるぶると震え出した。しばらくじっとうつむいていたが、やがて面を上げた。

「なにかのまちがいであってくれれば、と願いながらここまで来たのだが……」

「直之進さんは、源六と親しかったのですか」

「目をかけて毎日、稽古をしていた。源六の腕前は素晴らしく、剣士として洋々たる前途が拓《ひら》けていた……」

「さようでしたか……」

「源六が心中したと聞いて倉田も来たがったが、お咲希《さき》ちゃんが熱を出して倒れたと知らせが飛び込んできて、あわてて家に戻っていった」

佐之助は、秀士館の敷地内に建つ家には住んでいない。音羽町《おとわちょう》に家を買い、そこで一家三人で暮らしていると、珠吉は聞いていた。

富士太郎さん、と直之進が呼んだ。

「もう一人の仏は誰だ」

まだご存じなかったのか、と珠吉は思った。

「鹿右衛門という老人です」

「鹿右衛門だと」

直之進が叫ぶような声を上げ、顔に憤怒《ふんぬ》の色をたたえた。唇を嚙み切りそうに見えるほど歯を食いしばる。

「直之進さんは、鹿右衛門と知り合いなのですか」

「知り合いなどではない」

一瞬、大声を上げたが、一つ息を吸うと直之進が平静な声音で答えた。唇から血が少し出ていた。

「実は、源六は鹿右衛門につきまとわれていたのだ」

「鹿右衛門は、源六を男妾にしようとしていたのですか」

そうだ、と直之進が強い声でいった。

「源六は、鹿右衛門につきまとわれて迷惑していた。源六にはすでに許嫁もいたしな」

「許嫁は先ほどまでここにおりました。奈志田屋の者たちと一緒に引き上げていきましたが、ずっと泣いておりました」

富士太郎の目が源六の骸に向けられた。

――あの娘は、源六さんと一緒になることを楽しみにしていたはずなのに……。その幸せを鹿右衛門がぶち壊したのだ。珠吉の中で、改めて鹿右衛門に対する憎しみが募ってきた。

直之進が、もう一つの筵をにらみつけている。ふう、と大きく息をついて富士太郎を見、また口を開いた。

「俺は源六に頼まれて、鹿右衛門と話をつけたのだ。もう二度とつきまとうな、と。つきまとったら痛い目に遭わせる、とまでいった。おまえのような気味の悪い老人をいたぶることに良心の呵責《かしゃく》など感じぬともな……。それで鹿右衛門との話はついたと思っていたのだが……」

くそう、とつぶやいて直之進がまた拳を握り締め、目を閉じた。そうすることで後悔の念を押し殺しているように見えた。

直之進が目を開け、富士太郎を見つめた。

「そんなことがあったのですか……」

富士太郎が腹立たしげに相槌を打った。

――やはり源六さんは鹿右衛門に無理やり道連れにされたんだな……。しかし、七十すぎの鹿右衛門が、どうやって若者を殺すことができたのだろう。

そんな疑問が珠吉の脳裏で頭をもたげた。

「妙なことがある」

不意に直之進がいった。

「源六は、秀士館の門人の中でも指折りの遣《つか》い手《て》だった。それだけの男を、鹿右衛門のような年老いた男が、どうすれば殺せるというのか。力ずくで殺れるはずもない」

「本当ですね」

そのことには、富士太郎もすでに気づいていたにちがいない。

「源六は無理やり殺されたにちがいない。そのときに鹿右衛門を手助けした者がいる」

直之進が結論づけるようにいった。

「おっしゃる通りでしょう。誰かが手を貸さなければ、鹿右衛門が源六を殺害できるはずもありません。直之進さんには、鹿右衛門の手助けをした者に心当たりはありませんか」

「残念ながらない」

即座に答えたが、むっ、というつぶやきを直之進が漏らし、考え込んだ。

「直之進さん、どうかしましたか」

すぐに富士太郎が問うた。顔を上げ、直之進が富士太郎に眼差しを注ぐ。

「いや、いま一人の男が胸中を通り過ぎていったのだ。心当たりというほどのものでもないのだが……」

「その男というのは誰ですか」

実は、と直之進が口を開いた。

「鹿右衛門と話をつけたあと、半町ばかり離れたところから、俺のほうを見ている虚無僧《こむそう》がいたのだ」

それを聞いて珠吉は驚きを覚えた。

——虚無僧といえば……。

天蓋《てんがい》をかぶった男が、珠吉の脳裏をよぎっていった。

「天蓋で顔は隠れていたが、気味の悪い男だった。半町は優に離れていたのに、その男を目にしただけで悪寒《おかん》が走ったくらいだ」

あの、といって珠吉は富士太郎の後ろから首を伸ばした。

「それと同じ男かどうか、わかりませんが、あっしも虚無僧を見ましたぜ」

「えっ、いつのことだい」

目をみはった富士太郎が珠吉にきく。

「ここで最初の相対死があったときですよ」

「ああ、思い出したよ」

富士太郎が声を上げた。

「あれは、おいらたちがここから引き上げて、参道をくだっている最中だったね。確か珠吉は、大鳥居《おおとりい》の脇に虚無僧が立っていたといったんだ。しかもその虚無僧のことを、死神が本当にこの世にいるなら、ああいう者ではないか、ともいったんだったね」

「その通りですよ」

少し恥ずかしそうに珠吉が鬢《びん》をかく。

「あのときおいらは、虚無僧に気づくことができなかった。珠吉は、その虚無僧は妖気《ようき》を発していたといっていたね」

真摯な顔を珠吉に向けて、富士太郎が語りかける。ええ、と珠吉は答えた。

「あの虚無僧は、本当にいやな気を発していました。死神という呼び方が、ふさわしい男でしたよ」

死神か、といって直之進が首を縦に振った。

「まことにその通りだ。俺の背筋がぞくりとしたのも、珠吉と同じように感じたからではないか」

軽く息を入れ、直之進が話し出す。

「最初に心中があったときにこの参道にいた虚無僧が、俺が源六のために鹿右衛門と話をつけたときにもあらわれた。偶然とはとても思えぬ」

「それがしも同じ思いです」

力んだように富士太郎がいった。

「俺と珠吉が見たのは、おそらく同じ虚無僧だろう」

苦々しげな顔をした直之進が、珠吉に目を向けてくる。

「先ほど珠吉は、ここで最初に相対死があったといったが、どのようなものだったのだ」

最初にあった心中の委細《いさい》を、珠吉は丁寧に説明した。聞き終えた直之進が眉間にしわを盛り上がらせる。

「その心中も源六と同様、未練を持つ者が、死にたくない者を無理やり道連れにしたというのか」

その通りです、といって富士太郎が大きくうなずいた。

「おるいという女は、離縁《りえん》したばかりの貫太郎という元亭主に、無理やりに縊《くび》り殺されました」

「ほう、そうだったか。——俺が目にしたあの虚無僧は……」

直之進が言葉を途切れさせる。

「鹿右衛門と話をつけた俺を見ていたのだと思っていたが、そうではなく、源六の様子を観察していたのかもしれぬ……」

「直之進さんがその虚無僧を見たのは、いつのことです」

少し顔を近づけて、富士太郎が直之進に問うた。

「つい先日のことだ。三日前だったかな。富士太郎さん、ここで最初の心中があったのは、いつだ」

今度は直之進が富士太郎にきいた。

「四日前です」

つまり、と直之進がいった。

「最初の心中でその虚無僧は貫太郎に手を貸して心中させ、その後、鹿右衛門の心中の手助けをしたということか」

「まちがいなくそうでしょう」

強い口調で富士太郎が言い切った。

「貫太郎は優男《やさおとこ》で、まるで力がなかったそうです。鹿右衛門にも、遣い手である源六さんを殺せるだけの力や技があったとは思えません」

「その虚無僧が力を貸し、おるいと源六を殺させたのは疑いようがないな」

はい、と富士太郎が勢いよくいった。

「二つの心中は、いずれも相対死などではありません。紛れもなく殺しです」

珠吉は、あの虚無僧が今日も来ていないか、参道のほうを眺めやった。

野次馬たちが相変わらずひしめいているせいで、参道はあまりよく見えなかったが、虚無僧がいるようには思えなかった。

「富士太郎さん」

両肩を張って直之進が呼んだ。

「俺も探索に加わってよいか。源六の無念をなんとしても晴らしたい」

「もちろんです」

一切のためらいもなく富士太郎が快諾する。

「直之進さんが力を貸してくださるなら、千人力ですよ」

全身に闘志をみなぎらせたのか、直之進から殺気のようなものが発せられていた。

　――湯瀬さまが本気で怒ったぞ。あの虚無僧が本当に鹿右衛門や貫太郎に手を貸した下手人なら、末路は見えたも同然だ。哀れなもんだ……。

「富士太郎さん、俺は昨日の源六の動きを調べてみる」

　それでしたら、と富士太郎がいった。

「手前が、先ほど奈志田屋のあるじから聞いたことをお話しします」

「頼む」

　すぐさま直之進が聞く姿勢を取った。富士太郎が拓太郎から聞いた通りのことを直之進に伝えた。

「よくわかった」

　全身に気合を込めて直之進が答えた。

「ならば、奈志田屋ではなく、許嫁のおこんのもとに話を聞きに行くことにしよう」

「おこんは、広国屋という味噌醤油問屋の娘さんとのことです。店は本郷菊坂台町にあるそうです」

「本郷菊坂台町だな」

直之進が復唱した。

「殺しに手を貸した者は昨日、源六をずっと見張っていたはずだ。源六が行方知れずになったのは、そやつにかどわかされたからだろう。人通りのないところで源六が一人になるのを待っていたにちがいない」

「ええ、その通りでしょう」

「となると、許嫁がなにか見ているやもしれぬ」

それがしは、と富士太郎がいった。

「ここ数日の鹿右衛門の動きを探ってみることにします。相対死に手を貸した者と、どこかで会っているはずですから」

「そうだな。わかった」

そういうやいなや、直之進は鹿右衛門の骸に近づくと、筵をめくった。身じろぎせずその死顔をじっと睨みつける。

富士太郎と直之進は、別々に探索をはじめることにした。

第三章

一

鹿右衛門と源六の亡骸を白山権現の前に捨て置いてから、すでに三刻ほどがたった。

それでも、二人の死を目の当たりにした興奮がいまだに残っており、布団《ふとん》に横になっても猪四郎はなかなか寝つけなかった。

しかも太陽が高く昇ってきたせいで、気温が上がってきている。あまりの暑さにいったん寝間着《ねまき》を脱ぎ、下帯《したおび》だけになった。

少し涼しさを覚え、目を閉じた猪四郎はうとうとした。

だがそれも、束の間に過ぎなかった。不意に甲高い声が響き、猪四郎は、はっとして目を覚ました。今のはなんだ、と体を起こしてあたりを見回す。

どうやら近所の子供がそばの路地で遊んでおり、なにやら叫んだようだ。もう手習所《てならいじよ》に行っている刻限ではないのか。まだ手習所に行く年齢に達していない子供が、集まって遊んでいるのかしれない。

――しかし、餓鬼《がき》っていう生き物は、まったくうるさくてかなわん。

静かにしやがれ、と毒づいて猪四郎はまた布団に横になった。枕に頭を預けて天井を眺めると、いつもとちがう模様が目に入った。

それも当然だ。いま候林こと猪四郎がいる場所は、円大寺ではないからだ。口入屋の周旋《しゆうせん》で借りた一軒家である。

殺し屋だということが露見すれば、円大寺に捕手《とりて》が踏み込んでくる。それに備えて、いち早く隠れ家を用意したのだ。

この家は月に千五百文で借りているが、四部屋もあって風の通りもほどよく、居心地は悪くない。

目を閉じ、猪四郎は深く息を吸った。ひと仕事終えたのだ、今はどうしても眠りたい。

――よし、いいぞ。

先ほどの子供たちはどこかよそに行ったのか、急に静かになった。

猪四郎はすんなりと眠りに落ちた。

茶店の団子を食べずに歩きはじめた源六のあとを、ほっかむりをして猪四郎は追った。道を行きかう人は相変わらず多く、源六の姿がときおり人影に隠れて見えなくなる。

仮に源六を見失ったところで、どうということもない。どうせ、行き先は駒込上富士前町にある奈志田屋に決まっているからだ。

むしろ、尾行を気づかれることのほうが怖い。猪四郎は遣い手だという源六に用心し、一町ほどの距離を置いてつけていった。

やがて源六は、一軒の商家に姿を消した。味噌醤油問屋の奈志田屋である。

駒込上富士前町は、日光街道沿いに家々が連なっている。付近には大名家の下屋敷や中屋敷だけでなく、小禄《しょうろく》の武家の屋敷も多く、奈志田屋はそういうところを得意先にしているようだ。

町人への小売も行っているようで、大勢の客が暖簾をくぐったり、出たりを繰り返していた。

事前に調べたところでは、奈志田屋の評判は素晴らしかった。とてもよい品物を扱っているらしく、奈志田屋の物ならまちがいないと、この界隈で信用されているようだ。

源六はこれから奉公人とともに店の手伝いをするのだろう。

猪四郎は、どこかでときを潰さなければならない。奈志田屋の前で、ぼうっと立っているわけにはいかなかった。

どこがよいか、と猪四郎は近くを見渡した。秀士館から大した道のりを歩いたわけではないが、すでに小腹が空いていた。日暮里の茶店で食した団子はすべて、腹の中でこなれたようだ。

日光街道を少し南に歩いた猪四郎はふと気づいて、くんくんと鼻を鳴らした。出汁《だし》のきいた蕎麦つゆのようなにおいが、あたりに漂っている。

――蕎麦切りで腹を満たすとするか。できれば、うどんが食べたいものだが……。

においに導かれるように、猪四郎は歩きはじめた。

すぐに泉州屋《せんしゅうや》と記された看板が、目に飛び込んできた。茶色の暖簾が風に揺れているこの店が、においの元のようだ。

おっ、と我知らず声を上げたのは、そこがうどん屋であることがわかったからだ。

　だから泉州屋だったのだな、と猪四郎は合点した。上方はうどんの本場だ。それにしても、こんなところにうどん屋があるとは、うれしい驚き以外の何物でもない。源六が導いてくれたようなものだ。

　ありがたし、と感謝して猪四郎は暖簾を払った。中に足を踏み入れる。江戸でうどんを食べるのは初めてである。喜びで顔が勝手にほころんでくる。中はかなり暑く、汗が滴《したた》り落ちそうだ。店はそこそこ混んでいた。かなり太いうどんを、客たちが楽しんでいるのが知れた。

　空いている小上がりに猪四郎は座り、ほっかむりを取った。

「いらっしゃいませ」

　壁に貼ってある品書きを見やった猪四郎は、寄ってきた小女にきつねうどんを注文した。

「ありがとうございます」

　いったん去った小女が、さほどときを置くことなく戻ってきた。お待たせしました、と手にしているきつねうどんを、猪四郎の横に置いた。

　揉み手をして猪四郎は丼をのぞき込んだが、顔をしかめることになった。つゆが真っ黒だったからだ。

なんだこれは、と戸惑った。どうしてつゆが黄金色に澄んでいないのか。これは本当にうどんなのか。蕎麦切りではないのか。

周りを見ると、客は当たり前のようにこのうどんを食している。首を傾げつつ猪四郎は割箸を割り、うどんをつまみ上げてすすった。

うどん自体、腰があって喉越しも滑《なめ》らかだ。だが、つゆがひどすぎる。出汁はしっかり取ってあるようだが、醬油の味が濃すぎて、まるで調和が取れていない。ただ、ひたすらしょっぱいだけだ。この汁は泥水か、とさえ思った。甘辛いはずのきつねも甘みがなく、醬油だけで煮しめたような味がした。

あまりのひどさにあきれ果てる。まるで泥うどんだ。

うまくないからといって残すわけにもいかない。汁を飲まないようにして、うどんときつねのみ食した。

うどん屋なのに、蕎麦切りと同じ出汁のにおいがするのも当然だ。蕎麦切りのつゆで、うどんを食べさせているのだから。

黒い汁がたっぷり残った丼を見て、黄金色の汁だったら余さずすべて飲むのにな、と猪四郎は苦々しく思った。

泉州屋という屋号は、名ばかりのようだ。この店のあるじは上方の出ではあるまい。

きつねうどんの代は、三十文だった。こいつは恐ろしく高いうどんだな、と思いつつ猪四郎は金を支払った。この店に火をつけてやりたくなった。

泉州屋を出た猪四郎は再びほっかむりをした。その後、腹ごなしも兼ねて駒込上富士前町界隈の散策《さんさく》をした。

町自体はそれほど大きくなく、日光街道沿いの東側に、町家や店がずらりと並んでいる。

道を挟んで反対の西側にある巨大な武家屋敷は、大和郡山《やまとこおりやま》で十五万余石を領する柳沢《やなぎさわ》家の下屋敷である。

大名家としての柳沢家は、五代将軍綱吉《つなよし》の時代にめきめきと頭角をあらわし、綱吉の家臣から万石取りへと上り詰めた柳沢吉保《よしやす》を祖としている。

気配を嗅いでみたが、下屋敷内に人けはほとんど感じられない。あるじがやってきておらず、この屋敷に仕えている者は暇を持て余しているのではあるまいか。忍び込んでみたい誘惑に駆られたが、やめておいた。

危険を冒《おか》すわけにはいかない。誰かに見つかり、逃げ出す羽目《はめ》になれば、仕事に差し支える。

日光街道を北へと進み、近くの駒込三軒家町《こまごめさんげんやちよう》や妙義坂下町《みようぎさかしたまち》の見物をした。もっとも、特に見るべきものは一つとしてなかった。

いったん源六の様子を見に引き返すか、と猪四郎は考え、奈志田屋の前に戻った。

驚いたことに、身なりをととのえた源六が出かけようとしているところだった。

仕事を終えて、これから遊びに出ようとしている。頬が輝き、瞳が柔和に笑っていた。

それにしてもいい男だな、と猪四郎は思った。命に代えても鹿右衛門が我が物にしたいと願う理由が、わかるような気がした。男が好きな者には、たまらないのだろう。

源六が日光街道を南へと歩き出した。ほっかむりを深くかぶった猪四郎は少し間を置き、あとをつけはじめた。

奈志田屋から半里ほど来たところで源六が足を止め、右手に折れるのが見えた。猪四郎は急ぎ足で、その場に向かった。

源六が曲がったところまで来ると、右側に参道らしき道があり、その半町ばかり先に寺の山門が見えた。

源六がその山門をくぐろうとしている。

両側に商店が建ち並んでいる参道を猪四郎も進み、山門の前で足を止めた。山門に掲げられた扁額には真光寺《しんこうじ》とあった。

真光寺といえば、と猪四郎は心に引っかかるものがあった。境内に北《きた》ノ天神《てんじん》と呼ばれる神社があるのではなかったか。

江戸の観光案内に、そんなことが書いてあったような気がする。きっとそうだ、と思いつつ猪四郎は山門をくぐった。

夕暮れの境内は参詣者《さんけいしゃ》がまばらだった。目立たないよう山門の脇に身を移し、猪四郎は目で源六を捜した。

すぐに見つかった。源六は北ノ天神の本殿《ほんでん》とおぼしき前に立っていた。

そこに若い娘が駆け寄ってきた。その娘を見て源六が破顔《はがん》する。

なんだ、逢引《あいびき》だったのかい、と猪四郎は思った。出かけるときから源六がうれしそうにしていた理由が知れた。

源六と娘は本殿にお参りしたり、御籤《みくじ》を引いたりして楽しんでいる。

娘が大吉を引いたようで、はしゃいで喜んだ。源六は大凶だったらしく、ああ、といって顔をしかめた。

その御籤は当たっているぜ、と猪四郎は源六に告げた。これから源六には地獄が待っているのだから。

やがて源六と娘は真光寺の境内を出、山門をくぐり抜けた。猪四郎は少し遅れて二人の後ろについた。

二人は、真光寺から一町ほど東へ行ったところにある那呉実屋《なごみや》という小間物屋に入っていった。ほっかむりをかぶり直し、猪四郎もその店に入って源六たちの様子をうかがった。

源六は、娘に似合う簪を探しているようだ。店の者とも、じっくりと話し込んでいる。

店に並んでいる簪で気に入った物がなかったらしく、源六は娘のために簪を誂《あつら》えるよう、店に注文した。大店の息子だけのことはあり、そこまでの手順に手慣れたものを感じた。

満足したように源六と娘が店を出ていった。那呉実屋の奉公人も見送りに出ると、ありがとうございました、と大きな声でいって頭を下げた。その声に押されるようにして二人が歩き出す。

二人は話に夢中で、少しくらい近づいたところで気づかれる恐れはないように思えたが、用心に越したことはない。猪四郎は半町ばかりの距離を取ってついていった。

気の毒だが、と歩を進めつつ思った。源六は先ほど注文した簪を手にすることは決してない。

娘のほうは、源六が愛してくれた証として、特別に誂えた簪を受け取ることになるだろうが、それを目にするたびに、涙を流すのではないか。

それも運命だ、と猪四郎は思った。もはや避けられるものではない。甘んじて受け入れるしかない。

源六と娘は会話を途切れさせることなく日光街道に戻った。道を左に折れて、神田明神《かんだみょうじん》の門前町にある甘味処の暖簾を払った。

岩井屋《いわいや》というその店はひどく混んでいた。仮に店が空いていたとしても、猪四郎は中に入る気はなかった。もともと甘い物は、みたらし団子以外に食べようという気にならない。

しばらく二人は出てこないだろう、と踏んで猪四郎はすぐ近くに鎮座する神田明神に入ってみた。

この神社に来るのは初めてだ。天平《てんぴょう》二年に創建され、その後は江戸城をつくった太田道灌《おおたどうかん》や、相州《そうしゅう》小田原《おだわら》に本拠を置いていた北条《ほうじょう》家などの庇護《ひご》を受け、その後も多くの有力者に崇拝《すうはい》されてきた。

石田三成《いしだみつなり》との決戦に及ぶ前、徳川家康が戦勝祈願を行い、九月十五日という神田祭の当日に見事に関ヶ原の合戦で勝利したことで、徳川家の手厚い保護を受けることになった。神田祭も絶やすことなく続けていくようにと、徳川家からかたく命じられているとも聞く。

それだけ歴史と由緒《ゆいしょ》がある神社だ。猪四郎は荘厳な気が感じられるのではないかと期待した。

夜の帳《とばり》がおりても、境内には大勢の人出があり、厳《おごそ》かで重々しい気を覚えることはなかった。

猪四郎は本殿にお参りし、賽銭《さいせん》を投げて神田明神をあとにした。

岩井屋の前に戻ると、源六と娘は店の中でまだ話し込んでいた。話が尽きないのは若さゆえか。

甘味処の斜向《はすむ》かいに、板野屋《いたのや》という書物問屋《しょもつどんや》があった。猪四郎はそこでときを潰すことにした。一冊の書物を手に取って立ち読みする。

武具に関する書物で、絵が多用されており、猪四郎の興を引いた。題名は『啓《けい》蒙《もう》武《ぶ》具《ぐ》大全《たいぜん》』で、作者は北山徳村《きたやまとくそん》とある。

奥からこの店のあるじらしい老人が出てきて、猪四郎に語りかけてくる。

「その書はけっこう古いものじゃが、わかりやすく書かれておるぞ。よい書じゃ」

笑みを浮かべて猪四郎にいった。

「なにしろ、啓蒙と題名についているくらいだから、わかりやすいのは当然じゃな」

啓蒙とは、人々に正しい知識を与え、物の道理がわかるように教え導くことをいう。

驕慢《きょうまん》な言葉だと猪四郎は思ったが、北山徳村という作者が、それだけこの著書に自信を持っている証でもあろう。

「よし、もらおう」

いずれ役に立つ日が来るような気がして、猪四郎は『啓蒙武具大全』の購入を決めた。値が一分もして驚いたが、なにもいわずに支払った。

老人が店の名が入った紙で『啓蒙武具大全』を包みはじめた。そのとき、源六と娘が岩井屋から出てきた。

少しくらい離れても決して見失わないという自信があったから、猪四郎は老人を急かすような真似はしなかった。

「はい、お待たせ」

老人が紙包みを渡してきた。ありがとう、といって猪四郎は外に出ようとした。

「お客さん」

不意に老人が声をかけてきた。なんだ、と猪四郎は振り返り、老人を見つめた。

「前に、どこかで会ったことがあるかの」

むっ、と心で声を出し、猪四郎は老人を見据えた。見覚えはまったくない。一度も会ったことはないような気がする。

猪四郎はそのことを老人に伝えた。

「そうじゃったか……」

少し残念そうに老人がいい、下を向いた。紙包みを懐にしまい入れ、猪四郎は店を出た。二人をすぐに見つけ、少しだけ距離を詰めた。

二人は日光街道を戻り、先ほどお参りした北ノ天神がある真光寺を過ぎて五町ばかり行ったところで、道を左に曲がった。足を速めた猪四郎はその角まで行って立ち止まり、道をのぞき込んで二人の様子をうかがった。

西へ延びる道を歩いている二人は、相変わらず熱心に話し込んでいた。完全に二人だけの世界に入り込んでいる。

猪四郎も道を進みはじめた。それから二町ほど歩いたところで、二人が足を止めた。一軒の商家の前のようだ。

横に口を開けている路地に猪四郎はするりと身を入れた。顔だけを出し、二人の様子を見る。

娘が背にしている店はもう閉まっているようで、そのあたりにはひときわ暗い闇が滞っていた。その店が娘の家なのだろう。

あたりに味噌のにおいが漂っているのは、近くに味噌問屋があるからか。

もしかすると、娘の家が味噌問屋なのかもしれない。同業の誼《よしみ》で、源六と娘は知り合ったのではないだろうか。

あたりに人目がないのを確かめたのか、二人はいきなり抱き合い、口を吸い合った。

おっ、と猪四郎は目をみはった。なかなかやるものだと、にやりとした。

やがて体を離した二人が名残りおしそうに見つめ合った。身じろぎ一つせず、その場に立ち尽くしていたが、いつまでもこうしていられないと覚ったか、娘が店の戸を軽く叩いた。

それに応じてくぐり戸が開き、娘はもう一度、源六をじっと見てから着物の裾《すそ》を翻《ひるがえ》した。

あっという間に娘の姿が見えなくなった。くぐり戸の閉まる音が、猪四郎のところまで響いてきた。

大きく息をついた源六が手際よく提灯《ちょうちん》を灯《とも》し、歩き出した。鼻歌でも歌っているらしく、足取りも軽やかだ。

ずいぶん上機嫌のようだ。源六はいま幸せのてっぺんにいると感じているのではないか。

だがそれも今日までだ、と猪四郎は心の中で源六に語りかけ、少し後ろに下がった。

源六の持つ提灯の明かりが近づいてきた。路地に猪四郎がひそんでいることに気づかず、源六が前を通り過ぎる。

猪四郎は路地からそっと身を乗り出し、源六が歩く道の左右をうかがった。人けはまったくない。

このあたりの住人はとうに家に籠もっており、すでに眠りはじめているのだろう。

この界隈に限らず、江戸で暮らす町人は灯油を惜しんで早く就寝するのが常だ。

路地を出た猪四郎は足音を忍ばせ、一気に源六に近づいていった。今も鼻歌は続いている。

それが不意にやんだ。猪四郎が背後から当身《あてみ》を食らわせたからだ。

うっ、と息が詰まったような声を出し、源六の両膝《りょうひざ》が折れ、体が、がくりと前のめりになった。

さっと右手を伸ばし、猪四郎は源六を支えた。源六の手から離れた提灯が宙を飛んだが、落ちてくるところを、左手でつかんだ。

たわいもない、と提灯の明かりで源六の顔を照らして思った。遣い手といっても、修羅場をくぐり抜けているわけではないから、せいぜいこの程度だろうと察しはつけていた。

源六は完全に気を失っている。取れかかっているほっかむりをしっかりとかぶり直し、猪四郎は源六に肩を貸す体勢を取った。筋骨《きんこつ》ががっちりしており、源六はかなり重かった。

「よし、行くぞ」

意識のない源六に告げて、提灯を左手で持った猪四郎は歩きはじめた。提灯に奈志田屋と入っていることに気づいたが、別に構うまい、と思った。

これだけ体が重いということは、源六はよほど鍛え込んでいるのだろう。筋肉の塊《かたまり》といってよい。

源六は、本気で剣の道に生きる気でいたのかもしれない。

だがその意気込みも、これまでの鍛錬《たんれん》も無駄になってしまったな、と猪四郎は源六に話しかけた。

源六をどこに連れていくか、すでに決まっている。目をつけた破れ寺があるのだ。偶然とはいえ、ここから遠くない。

その破れ寺へと向かう道すがら、猪四郎はさまざまな者と行き会った。

酒に酔った職人や、夜の散策に出ている老人、接待を受けに行く風情の侍主《しゅ》従、取引を終えて商家に戻る商人、なぜか外で遊んでいる子供。客を引きはじめている夜鷹《よたか》もいた。ほかにも、辻番《つじばん》の中にいる者がじっとこちらを見ていることもあった。

そういう者たちとすれ違うたびに猪四郎は、しっかりしろ、こんなに飲んじまいやがって、もうすぐ家に着くからな、などと口にして、酔っ払いを介抱《かいほう》する振りを続けた。

別に芝居がうまかったわけでもないだろうが、猪四郎の振る舞いを怪しむような者は一人もいなかった。

二

気を失ったままの源六を引きずるようにして歩いた猪四郎は、巣鴨村《すがもむら》に入った。

広大な田畑が広がっている村で、家は散見できる程度だが、ここでも数人の村人らしき者と遭遇した。

「あと少しだ。もうじき寝床で横になれるからな」

村の者とすれ違うたびに、猪四郎は源六に声をかけて歩き続けた。

巣鴨村には、東福寺《とうふくじ》という大寺がある。東福寺から西へ三町ほど行ったところに、ちっぽけな破れ寺がひっそりと建っている。

猪四郎は破れ寺の山門前にたどり着いた。今にも崩れそうな山門に扁額は掲げられておらず、この寺がなんという名なのか、いまだにわかっていない。

山門をくぐり、正面に見えている本堂を目指す。本堂のほかには庫裏のものらしい残骸が残っているくらいで、鐘楼《しょうろう》の跡すらもない。もともとこの寺には、鐘楼がなかったのかもしれない。

本堂に人がいないのを確かめて、猪四郎は気を失ったままの源六を運び入れた。

本堂内は真っ暗だが、猪四郎は夜目《よめ》が利くから、動くのになんら支障はない。

本堂の隅に置いておいた縄を手に取った。

この縄は源六を縛り上げるために、前もって用意しておいたものだ。

ほっかむりを取った猪四郎は匕首を取り出すために、懐に手を突っ込んだ。書物問屋で購入した『啓蒙武具大全』をつかみ出し、床に置く。

それから改めて匕首を取り出し、縄を適当な長さに切った。猪四郎は源六の手足に、縄をがっちりと巻いた。

ただし、縄の跡が肌に残らないように、着物の上から縄を巻くようにした。源六が縄で縛られていたことを検死の際、見破られてはならない。

源六には、源六が懐に入れていた手ぬぐいで猿ぐつわをした。これでよかろう、と猪四郎は思った。

これだけ縛っておけば、源六が目を覚ましても、逃げられる恐れはない。

「それにしても、腹が減ったな」

だが、食べ物は持ってきていない。それでも別に構わなかった。

猪四郎は床の上に腰を下ろした。一食くらい抜いたところで、死ぬわけではない。

「さて、ひと眠りするか」

床下から蚊遣《かやり》を取り出した猪四郎は、火打道具を使って火をつけた。

よもぎが燃え、煙が昇りはじめる。蚊遣の火で、本堂内がぼんやりと明るくなった。

煙は本堂中にじわじわと広がっていく。

これだけ煙を焚《た》けば、蚊はまず近寄ってこない。きっと熟睡できるだろう。

燻《いぶ》すような蚊遣の煙を吸い込んだか、源六が身じろぎした。その直後、はっとして目を覚ました。

自分の身になにが起きたのか、わけがわからないようだ。縛《いまし》めをされていることに気づき、目をみはった。

もぞもぞと芋虫のように動き、あたりを見回した。そばに猪四郎がいることを知り、あっ、とくぐもった声を上げた。

猪四郎をにらみつけ、おまえは誰だ、と源六がいったのがわかった。猪四郎に答える気はなく、源六を冷ややかに見た。

「おまえは、もうじき死ぬ。その運命からは決して逃れられん。覚悟を決めておけ」

その言葉を聞いて、源六がじたばた暴れはじめた。なにか、もごもごといってもいる。

うるさいやつだ、黙らせてやる。猪四郎は立ち上がり、身構えた源六に再び当身を食らわせた。

どん、と鈍い音がして、源六があっけなく気を失った。

泥うどんを食べる羽目になった腹いせに、もっと殴りつけたかったが、源六の顔を傷つけるわけにはいかない。これでよし、といって猪四郎も床に横になった。

今日はよく動き回った。さすがに疲れが溜まっていたようで、猪四郎はあっさりと眠りに落ちていった。

どのくらい眠ったものか、目を覚ました。おそらく三刻は寝ただろう。眠気は去っている。ひと眠りどころではなかった。

すぐさま起き上がり、猪四郎は源六を見やった。まだ意識を取り戻しておらず、ぐったりとしたままだ。

ほっかむりをして立ち上がった猪四郎は、よっこらしょ、と源六を担ぎ上げた。なんて重い野郎だ、と思いつつ本堂の裏手に出る。

そこには一台の荷車が置いてあった。荷車に源六をのせ、筵をかけた。筵が飛ばないよう、縄できっちりと縛る。

荷車の前に回って梶棒《かじぼう》を握り、猪四郎は東の空に目を向けた。星がない空は真っ暗で、明けていきそうな気配は感じられない。今は深夜の八つ頃ではないか。

荷車を引きはじめた猪四郎は狭い境内を突っ切り、山門を目指した。深夜だけのことはあり、吹く風は涼しい。

昼間もこのくらいならありがたいのだが、と梶棒を握る腕に力を込めて猪四郎は思った。

破れ寺をあとにして、白山権現を目指す。どこに目を向けても、人の姿はまったくない。

さすがにこんな刻限に出歩いている者は、人の多い江戸といえども、滅多にいないのだろう。

いくつもの辻番の前を通ったが、咎《とが》めるような声を発する者はいなかった。辻番に詰めているのは年寄りばかりで、ほとんどが居眠りしているようだった。

四半刻ばかりのち、猪四郎は白山権現の参道に入った。

両側はびっしりと町家や商家が建ち並んでいる。できるだけ荷車の車輪の音が響かないように気を遣いながら参道を進んだ。

白山権現の境内につながる階段の前に、一人の老人がひっそりと立っていた。まるで亡霊のように見える。荷車を老人の前で静かに止め、猪四郎は声をかけた。

「鹿右衛門、約束の刻限の前に来たな」

ふふ、と鹿右衛門が軽く笑う。

「年寄りだから、もともと眠りが浅い。それに、ついに念願が叶うと思うと、ろくに眠れなかった」

満面の笑みで鹿右衛門が歩み寄ってきた。

「鹿右衛門、今までどこにいた」

「別邸だ」

「本宅のほかに別邸を持っていたのか」

「金だけは潤沢《じゅんたく》にあるのでな。誰にも知られていない別邸だ。そこでこのときを待っていた」

「使い切れんほどの金があるなど、うらやましい。今日、おぬしはここで死ぬが、残った金はどうするつもりだ」

「誰にもやる気はない。すべて隠してある」

「それはもったいないな」

ふん、と鼻を鳴らして鹿右衛門が、荷車の筵に手を触れる。

「源六だな」

「そうだ」

「本当に連れてきてくれたのだな」

鹿右衛門は感激の面持ちだ。

「当然だ。それがおぬしの望みなのだからな」

背筋をぐいっと伸ばして、猪四郎は鹿右衛門を見据えた。

「鹿右衛門、覚悟はよいか」

「もちろんだ」

一片の迷いも感じさせない口調で鹿右衛門が答えた。

「このときのために、今日まで生きてきたといってよい」

「ならば、取りかかるとするか」

あたりに人がいないのを改めて確認してから、猪四郎は荷車の縄を外した。筵を取り払い、荷車から源六を下ろして地面に横たえる。

ああ、と鹿右衛門が感極《かんきわ》まったような声を出し、いきなり源六に抱きついて、縛めを解きながら体をまさぐりはじめた。

なにか醜悪《しゅうあく》なものを見ている気分になり、猪四郎は顔をしかめた。鹿右衛門、と強い口調で呼びかける。

「深更《しんこう》とはいえ、人が来るかもしれん。早くしろ」

諦めきれない様子で、鹿右衛門がゆるゆると立ち上がった。

そのとき、源六がいきなり飛び起きた。慌てて走り出そうとする。

これまで気を失っている振りをして、逃げ出す機会を待っていたようだ。

無駄だ、と胸中で告げて猪四郎は源六に躍《おど》りかかった。一っ飛びで源六に追いつき、がら空きの首筋に手刀《てがたな》を入れる。

どす、と音がし、源六があっけなく地面に転がった。うつ伏せたまま、すでに気を失っている。

「危なかったな」

鹿右衛門は冷や汗をかいたようだ。

今の騒ぎで、近くの家の者が起き出してきた気配はない。静かなものだ。

「鹿右衛門、これを持て」

猪四郎は、懐から取り出した匕首を鹿右衛門に渡した。受け取った匕首を、鹿右衛門がまじまじと見る。

「これで源六を殺《や》るのだな」

「そうだ。それこそがおまえの役目だ」

匕首を握り締めた鹿右衛門が、放心したように天を仰ぐ。

源六を仰向《あおむ》けにしてから、猪四郎は源六の着物の胸のあたりを、はだけさせる。

「いいか、ここを刺せ。そうすれば、源六は苦しむことなくあの世に逝《ゆ》ける」

源六の心の臓の場所を示し、猪四郎は鹿右衛門に命じた。

「わかった」

震え声で鹿右衛門が答えた。源六を殺すことに怖《お》じているわけではなく、夢にまで見た愛しい男を手にかけることに、興奮を抑えきれずにいるようだ。

鹿右衛門が仰向けの源六に跨《また》がり、顔前に匕首を構えた。源六を見つめ、狙いを定める。

「殺れ、今だ」

猪四郎は鹿右衛門を叱咤した。

「わ、わかった」

ふう、と気持ちを鎮めるように息をついた鹿右衛門が匕首を一気に突き落とした。ずん、とかすかな音が立ち、次の瞬間、驚いたように源六が目を開けた。

眼前に鹿右衛門がいることに、果たして気づいただろうか。

一瞬、苦しみを感じたような顔をしたが、次の瞬間、源六が、がくりとうなだれた。

「し、死んだのか」

目を潤ませて鹿右衛門が猪四郎にきく。匕首は源六の胸に突き立ったままだ。

「ああ、死んだ。痛みはほとんど感じなかっただろう。鹿右衛門、功徳を施したな」

猪四郎は首を縦に振ってみせた。

「では、これで源六はわしのものだな」

「鹿右衛門、次はおまえの番だ」

「今すぐ死ねば、あの世で源六と一緒になれるな」

「その通りだ」

わかった、と答えて鹿右衛門が源六から匕首を引き抜いた。しゅー、と音を立てて胸の傷口から血が噴き出した。

その血を恍惚《こうこつ》として浴びた鹿右衛門が、なんのためらいもなく、匕首をしわ深い喉に突き立てた。

すっと刃が喉に入った瞬間、ううっ、とうめくような声を上げたが、それはまるで男が達したときの叫びにしか聞こえなかった。

満足げな笑みを頬に刻んで鹿右衛門が、どう、と倒れていく。その弾みで匕首が喉から離れ、地面の上で転がった。喉から血があふれ、どろりと流れ出す。鹿右衛門はしばらく手足を痙攣《けいれん》させていたが、それもすぐにやんだ。薄目を開け、絶命していた。

ようやく念願が叶ったな、と猪四郎は鹿右衛門に話しかけた。

匕首を鹿右衛門の死骸のそばに転がし、二つの死骸を残して再び荷車を引きはじめた猪四郎は、人けが絶えて久しい白山権現の参道を下り出した。

そのとき七つを知らせる鐘が夜空に響きはじめた。

はっ、として猪四郎は目を覚ました。

何刻なのか、時の鐘が耳に刺さるように聞こえてきたのだ。

鐘が響く中、体を起こし、猪四郎は首をひねった。いま夢を見ていたような気がする。

ずいぶん長い夢だったようだが、どんな内容だったか、まったく覚えていない。だがそれはいつものことだ。

とにかく、と猪四郎は思った。鹿右衛門の仕事が終わった今、次は鉄三の依頼をこなさなければならない。

よく眠ったせいで、疲れはすっかり取れている。これなら次の仕事に取りかかるのに、なんの障りもあるまい。

次の標的は、南町奉行所の定町廻りの中間を務めている珠吉という男である。

鉄三が頼んできた手順を踏んで、珠吉をあの世に送らなければならない。

おや、と猪四郎は思った。なにか忘れ物があるような気がする。

あっ、と声を上げた。

――破れ寺に『啓蒙武具大全』を忘れてきちまった。

なんと抜けているのか、と猪四郎は自分を罵《ののし》った。

――まあ、よい。

またあの破れ寺に行くことはあるだろう。そのときに回収すればいい。

三

相対死の死骸は放置しておくという決まりになっていると、富士太郎に聞かされた直之進は、源六への申し訳なさから、奥歯をぎりと嚙み締めた。源六の死骸をそのままにして立ち去るのは、忍び難いものがあった。

骸を盗み出してやろうか、とまで思ったが、富士太郎から、深夜に奈志田屋の者が死骸を引き取りに来ます、と小声で教えられて、直之進は憤懣《ふんまん》を抑え込むことができた。骸を引き取る奈志田屋を、富士太郎たちが見て見ぬ振りをすると知って、よかったと、むしろ安堵の思いすら抱いた。

必ず無念を晴らすからな、と源六の死骸に語りかけた。富士太郎に礼をいって別れ、直之進は二人の門人とともに、白山権現の参道を下りはじめた。

これから、源六の許嫁であるおこんの家に行くつもりだ。

富士太郎によれば、昨夜、源六はおこんと逢引をしていたそうだ。五つ頃におこんと広国屋の前で別れたあと、行方知れずになった。

あの虚無僧に、かどわかされたにちがいない。

――死神め。

死神にかどわかされた源六は、深夜の白山権現で鹿右衛門に胸を一突きにされた、ということか。

――あんなよい若者を無慈悲に殺すなど、許せぬ。

ときがたつにつれ、直之進の中で怒りが募ってくる。

――この手で殺してやりたい。

白山権現の参道を抜けた直之進は、日光街道へと向かった。

「源六を殺した虚無僧は、いったいどこにいるのでしょう」

直之進と一緒に来た門人の忠一《ちゅういち》が悔しそうにいった。

「一刻も早く捜し出し、八つ裂きにしてやりたい」

直之進が忠一を連れてきたのは、江戸の地理に明るいからだ。迷うことなく、どこでも連れていってくれる。

忠一の実家は駒込浅嘉町《あさかまち》で八塔屋《はっとうや》という小間物屋を営んでいる。秀士館に入る前は、商売の修業のために行商に勤《いそ》しんでいたそうだ。行商で道に迷わないよう日頃から切絵図をじっくり眺め、さらに行商で町回りをするうちに、地理に詳しくなったそうだ。

忠一の長所はそれだけではない。絵も得手《えて》にしているのだ。

どこかで人相書《にんそうがき》を描くことになれば、その絵の腕前が役に立つときが必ず来るはずだと直之進は思っている。

「まったく忠一のいう通りだ」

激しい口調で忠一に同意したのは品田《しなだ》十郎左《じゅうろうざ》である。播州姫路《ばんしゅうひめじ》の出身で、酒井《さかい》家十五万石の家臣だ。

勤番侍ではなく、酒井家の殿さまの命で、剣術修行をするために秀士館に入門した。

それほどの猛者《もさ》だからもともと剣の腕前は素晴らしかったが、秀士館でさらに技量を磨き、今はもう門人という扱いではなく、師範代に準ずる者として門人たちに稽古をつけている。

十郎左も源六に特に目をかけていた一人で、源六を殺された悔しさや憤《いきどお》りは、直之進に劣らないものがあるだろう。

「忠一」

歩きながら直之進は呼んだ。

「本郷菊坂台町への行き方はわかるか」

「はい、わかります。お任せください」

胸を張った忠一が、直之進の前に立って先導をはじめた。

日光街道を南へ進んだ直之進たちは、やがて三河岡崎《みかわおかざき》で五万石を領する本多家《ほんだ》の広大な下屋敷の前を通り過ぎた。

「確か、このあたりで右へ曲がるはずです」

前を行く忠一が振り向いて告げた。

「ああ、そこですね」

本郷六丁目の角を右へ入る道があった。

「この向こうは町並みが長く続いていますが、二町ばかり行った先にある、両側の町すべてが本郷菊坂台町のはずです」

緩やかな上り坂になっている道を足早に歩いていくと、味噌醤油、と記された看板が、直之進の目に飛び込んできた。

「ああ、あの店がそうだろう」

忠一を追い越さんばかりの勢いで足を速め、直之進は店の前に立った。屋根に広国屋という扁額が掲げられていた。

しかし、店は閉まっていた。構えからしてなかなかの大店であるのが知れたが、許嫁のおこんの今の心境をあらわしているかのように、広国屋はひっそりとしていた。

「どうしますか」

案じ顔で十郎左がきいてきた。

「おこんから話を聞かねばならぬ。訪ねるしかない」

直之進はくぐり戸を拳で打った。だが応《いら》えはなかった。

もう一度、直之進はくぐり戸を叩いた。

するとと、くぐり戸越しに、申し訳ないのでございますが、という声が聞こえてきた。

「本日はお休みをいただいております」

「味噌を買いに来たわけではない。俺は湯瀬直之進という。秀士館で剣術の師範代を務めている者だ」

「秀士館……」

「知らぬか、源六が通っていた道場だ」

「源六さんが……」

きしんだ音を立ててくぐり戸が開き、若い男が顔をのぞかせた。

「おぬしは何者だ」

男をじっと見て直之進はたずねた。

「手前はこの店の手代でございます」

くぐり戸を抜け、手代が外に出てきた。

「由九郎《よしくろう》と申します。どうか、お見知り置きを」

直之進は、忠一と十郎左を由九郎に紹介した。由九郎が丁寧に辞儀する。

「それで、どのようなご用件でございましょう」

直之進を見て由九郎がきいてきた。

「俺たちは、源六の無念をなんとしても晴らしたい。それで、おこんに話を聞きたいと思い、訪ねてきた」

えっ、と由九郎が驚きの声を発した。

「いま源六さんの無念を晴らすとおっしゃいましたか。あの、いったいどういうことでございましょう」

目をこすって由九郎が問うてきた。

「ここでおぬしに説いている暇はない。とにかく、おこんに会わせてほしい」

「は、はい、わかりましてございます。しばしお待ちいただけますか」

由九郎が中に引っ込み、くぐり戸をぱたりと閉めた。

その場で直之進たちはじっと待った。どこからか三味線の音色が聞こえてきた。

奥ゆかしさを感じさせる旋律《せんりつ》になんとなく耳を傾けていると、音色が不意に途絶えた。それとほぼ同時にくぐり戸の向こう側に、人の気配が立った。

「お待たせいたしました」

由九郎のものではない声がして、くぐり戸が開いた。やや歳のいった男が顔を見せる。

この店のあるじのようだな、と直之進は思った。男親に娘は似るというが、どこかおこんを思わせる顔つきをしていた。

あるじとおぼしき男は、疲れた表情をしていた。

それはそうだろう、と直之進は同情した。なにしろ娘が許嫁を失ったばかりなのだ。深い悲しみの淵《ふち》にいる娘に、父親も心を痛めているにちがいない。

それに、婿養子として期待していた源六に死なれた動揺もあるのかもしれない。

「手前は、この店のあるじで、近右衛門《ちかえもん》と申します。どうぞ、お入りください」

「おこんに会わせてもらえるのか」

足を踏み入れる前に直之進は確かめた。

「もちろんでございます。娘は座敷で待っております」

近右衛門が顔を引っ込めた。直之進は十郎左と忠一に目をやり、行くぞ、という意味を込めて二人にうなずいてみせた。

腹に力を入れて、くぐり戸に身を沈める。十郎左と忠一が直之進に続いた。

中は線香のにおいが漂っていた。源六のために、おこんが焚いているのかもしれない。

直之進たちは、近右衛門の案内で座敷に通された。線香のにおいがさらに濃くなっていた。

座敷には母娘らしい二人が並んで座していた。秀士館の道場に何度か見物に来ていたから、直之進はおこんの顔を覚えていた。

剣術道場は女人禁制のところがほとんどだが、秀士館の道場には荒俣菫子という薙刀《なぎなた》の師範代がおり、そのために多数の女が在籍している。

いま菫子から教えを受けている女の門人たちも、最初は見物からはじめて、後に入門してきた者ばかりだ。

源六から直之進は、許嫁も薙刀を習いはじめるかもしれません、と聞いていた。

「失礼する」

頭を下げて、直之進はおこんの向かいに端座した。十郎左と忠一は、直之進の後ろに控えるように座った。

近右衛門がおこんの母親の隣に座し、母親の名を直之進たちに伝えてきた。おすがという母親が、直之進たちに挨拶する。おすがも、かなり憔悴《しょうすい》している様子に見えた。

「あの、湯瀬さま」

直之進をまっすぐ見て、おこんがいきなり口を開いた。

「源六さんの無念を晴らすというのは、どういうことでございましょうか」

うむ、と直之進は首を縦に振り、なにゆえ源六が命を失うことになったか、丁寧に説明した。

「ええっ」

おこんだけでなく、近右衛門とおすがも驚愕している。

「源六さんは殺されたのでございますか……」

本当のことなのかとききたげに、おこんが目を大きく見開いている。

「鹿右衛門に手を貸した者が、心中に見せかけたのだ」

おこんが納得がいったような顔になり、新たな涙を流しはじめた。

「夫婦になる約束をした源六さんが、男の人と心中などするはずがないと思っていました」

「その通りだ」

声を励《はげ》まして直之進はいった。

「源六は、おぬしのことを心の底から愛していた。それは普段の源六とのやりとりからよくわかっていた。道場では、いつもおぬしの話をしていたし……」

そうでしたか、といっておこんが泣き笑いの顔になった。

「湯瀬さまは、まことに源六さんの無念を晴らしてくださるのでございますね」

直之進を見つめて、おこんが膝を進ませてきた。

「必ずやり遂げてみせる」

体を乗り出すようにして直之進は力強くいった。

「源六の命を奪う手助けをした男を見つけ出し、成敗するつもりだ」

「成敗というと、殺すのでございますか」

喉をごくりとさせて、おこんがたずねる。

「おそらく、そういう仕儀《しぎ》になるのではないかと思う」

「さようでございますか……」

うつむいたが、おこんはすぐに顔を上げた。

「私が男だったら、湯瀬さまに一緒に連れていっていただくのに。源六さんをかどわかして命を奪った男に、とどめを刺してやりたい」

普段はおとなしそうなおこんがそんなことを口にしたから、近右衛門とおすがは仰天したようだ。

「おこん……」

おすがが、おこんの肩にそっと手をやった。背筋を伸ばし、直之進はおこんを凝視した。

「おぬしの気持ち、我らが受け取った。必ず源六の無念を晴らしてみせるゆえ、おこん、吉報を待っていてくれ」

「どうか、よろしくお願いいたします」

感極まったように、おこんが涙を流しはじめた。

「それでおこん、おぬしに聞きたいことがあるのだが、よいか」

「もちろんでございます」

涙を拭ったおこんが両肩を張り、直之進をじっと見た。

直之進は間髪《かんはつ》を容《い》れずに問うた。

「昨晩、源六と逢引をしていたそうだが、まちがいないか」

はい、とおこんが首肯した。

「そのときだが、怪しい者が近くにいなかったか。おぬしたちを見張っているような男だ」

首を傾げて、おこんが懸命に思い出そうとする。

「いえ、そのような者には気づきませんでした。なにしろ、おしゃべりに夢中でしたので……」

そうか、と直之進はいった。

「では、昨日の二人の行動を話してくれぬか。まず、どこで待ち合わせた」

「源六さんと待ち合わせたのは、北ノ天神さんと呼ばれる真光寺でございます。本殿の前で会いました。二人で御籤を引いたりして、とても楽しかった……」

そのときのことがよみがえったか、おこんの目に涙があふれた。うつむいて、ひとしきり泣き続ける。

おすがが、おこんの背中をさする。しっかりしなければ、とでも思ったか、おこんがおとがいを上げた。

「済みません、取り乱してしまい……」

おすがから手ぬぐいを借り、おこんが涙を拭った。

「いや、謝ることなどない。最愛の者を失ったのだ。涙が出ぬはずがない」

優しい声で直之進は慰めた。

「ありがとうございます。もう大丈夫です」

息を入れて、おこんがしゃんとした。

「北ノ天神で、なにか妙なことはなかったか」

「ありませんでした。北ノ天神だけでなく、逢引の最中、これといって妙なことは起きませんでした」

わかった、と直之進はうなずいた。

「北ノ天神を出たあと、どこに行った」

「那呉実屋という小間物屋に入りました」

「那呉実屋は、どこにある」

「春木町《はるきちょう》三丁目にございます」

北ノ天神を出た二人は五町ほど歩いて、那呉実屋という小間物屋の暖簾を払った。そこで、源六がおこんのために簪を注文した。

その簪は特別に誂えるということで、出来上がりはおよそ一月《ひとつき》後ということだ。

「ですから、源六さんが心中なんて、するはずがないのです。簪の出来上がりを、すごく楽しみにしていたのですから……」

膝の上に置いた小さな手が、小刻みに震えている。

少し間を置いてから直之進はさらにきいた。

「那呉実屋を出たあとはどうした」

「神田明神近くの岩井屋という甘味処で心太《ところてん》を食べてから家に戻りました。源六さんが私をここまで送り届けてくれました」

「では、この店の前で別れたのか」

柔らかな口調を心がけて直之進は問うた。

「さようでございます」

「それが夜の五つ頃か」

「はい、少し過ぎていたとは思いますが……」

「店の前で別れたというのは、おぬしが店の中に入るのを源六が見送ったのか」

はい、とおこんが答えた。

「私が店に入り、くぐり戸を閉めました」

それが源六を見た最後になるのだな、と直之進は思った。

「店の前の道だが、五つ頃の人通りはどうだ」

「あまり多くはございません」

これは近右衛門がいった。

おこん、と直之進は呼んだ。

「昨晩もか」

「はい、人影は一つもなかったように思います」

少し顔を赤らめておこんが答えた。二人で抱き合ったか、と直之進は察した。もしかすると、口を吸い合ったのかもしれない。

——だが、それはどうでもよい。

とにかく、道に人けがまったくなかったのなら、すでに源六は死神に見張られていたのかもしれない。

その後、死神によってどこかに連れ去られたのだろう。それは、白山権現からさほど遠くない場所ではあるまいか。

直之進たち三人は、広国屋の者たちに見送られて外に出た。

店の前の道は、大勢の人が行きかっていた。だが、夜の五つ頃になると人通りがなくなるのだ。おこんと別れて一人歩き出した源六の姿が、直之進の脳裏に浮かぶ。

そのとき源六は、幸せの絶頂にいたはずだ。それが一夜にして暗転したのである。

唇を噛んで東へ歩きはじめた直之進は、十間ばかり進んだところで立ち止まった。左側に狭い路地が口を開けている。

「死神は、ここにひそんでいたのかもしれぬ」

なるほど、と十郎左が相槌を打った。

「源六が通り過ぎるのを待ち、背後から襲いかかったのですね」

「源六は当身を食らわされ、気絶させられたのだろう。いくら遣えるといっても刀を帯びていない上、おこんと逢引したばかりで油断があったのであろう。源六といえど、ひとたまりもあるまい」

「その後、死神はどうしたのでしょう」

目を怒らせて忠一が問うてきた。

「源六を連れ去ったのだな」

「どうやって連れ去ったのでしょう。荷車でも用意していたのでしょうか」

「それはなかろう」

すぐさま直之進は打ち消した。

「源六とおこんのあとをつけてきた死神は、人目のないところで、ぽつんと一人になった源六を襲い、気絶させるつもりだったはずだ。店の前で二人が別れることは、知らなかったであろう。あらかじめこのあたりに荷車を用意するなど、できるわけがない」

「では、気を失った源六を、おんぶでもしたのでしょうか」

「そうかもしれぬ。酔っ払いを介抱する振りをして源六を連れ去ったか……」

「酔っ払いですか」

十郎左が得心《とくしん》したようにいった。

「死神は、きっと源六に肩を貸したのでしょう。そうすれば、行きかう人々に怪しまれることはまずありませぬ」

「確かにその通りだ」

十郎左を見て直之進は同意した。

「昨日の五つ過ぎにこの道は人通りが絶えていたとはいえ、ほかの道はそうではなかっただろう。源六に肩を貸して歩く死神を、見た者がいるかもしれぬ」

では、と十郎左が勢い込んでいった。

「片っ端から聞き込んでいけば、死神の足取りをたどれるかもしれませぬ」

「その通りだ。よし、やってみよう」

直之進は素早く決断した。

「はい、やりましょう」

忠一もためらいなく賛同した。

なだらかな坂道を下って日光街道に出た直之進たちは、昨晩五つ頃、肩を貸して酔っ払いを介抱しながら歩く男を見ていないか、出会う者すべてにきいていった。

すると四半刻後に、酔っ払いに肩を貸しながら歩いていく男を見かけたという女房に会うことができた。

その二人が源六と死神かどうかは断定できないが、刻限が合っている以上、可能性はかなり高い。

いきなり当たりを引いたことに胸を高鳴らせつつ、直之進は女房に詳しい話を聞いた。

「その二人はどちらへ歩いていった」

「この道を北のほうに行きました」

「その二人だが、どのような恰好をしていた」

思いがけない質問だったようで、女房が目をみはった。

「一人はほっかむりをしていました。もう一人は泥酔して正体を失っているように見えました。顔は見えませんでしたが、若い人だったと思います」

「ほかになにか気づいたことはあるか」

女房がまた考えに沈む。

「ああ、そうだ」

明るい顔になって女房が弾んだ声を上げた。

「ほっかむりの人が、どこかの店の名が入った提灯を持っていました。なんと書いてあったのか、ちょっと思い出せないのですが……」

店の名か、と直之進は思った。逢引からの帰り道に備えて源六は小田原提灯を所持していたのだろう。

広国屋の前で提灯に火をつけ、その直後、死神に襲われたとしたら。死神は源六から提灯を奪い、なに食わぬ顔で歩きはじめたのではなかろうか。

「提灯に入っていた文字は、奈志田屋ではなかったか」

「奈志田屋……」

また女房が下を向き、沈思する。はっとして顔を上げ、直之進を見る。

「四文字だったかわかりませんが、志という字は確かに入っていたと思います」

奈志田屋の提灯でまちがいあるまい、と直之進は確信した。

「忙しいところ、足止めして済まなかった。かたじけない」

「いえ、いいんですよ」

女房が小さく笑いながらいった。

「では、これで失礼する」

源六と死神が歩いていったという北へ、直之進たちは足を向けた。

その後もひたすら歩きながら、奈志田屋の提灯を携《たずさ》えた二人組を見た者がいないか、当たり続けた。

女房の次によい話を聞けたのは、のんびりと散策をしていた老人だった。

日に二度は必ず散策をしているとのことで、昨日は暑さを避けて日が暮れてから散策に出たそうだ。そのとき奈志田屋の提灯を目にしたという。

「まちがいないか」

勇み立って直之進はきいた。

「うむ、まちがいないよ」

老人があっさりと認めた。

「奈志田屋は、うちの女房がときおり味噌を買いに行く店だから、覚えているんだ。あそこの味噌や醤油はものがいいからね」

「奈志田屋の提灯を持つ者は、どの方角へ歩いていったのかな」

「中山道《なかせんどう》へと折れていったよ」

直之進たちが、いま老人に話を聞いているのは駒込追分の手前である。礼をいって老人と別れた直之進と十郎左、忠一の三人は、追分を左に進んで中山道に足を踏み入れた。

なおも歩きながら、直之進たちは行き当たる人たちに話を聞いていった。すると、次によい話を聞けたのは、手習所に通っていないのか、この刻限に遊び回っている三人組の子供たちだった。

三人は、奈志田屋の提灯を見た、と口を揃えていったのだ。

「まちがいないか」

「まちがいないよ。おいらは今は手習所に通ってないけど、前は行ってたから、漢字もけっこう習ったんだ。奈志田屋という字は、ちゃんと読めるんだよ」

得意げに背の高い男の子がいった。

「できるだけ提灯や看板の字を読むことで、漢字を忘れないようにしているんだ」

「そんなに手習が好きなら、なにゆえ今は手習所に行っておらぬ」

探索に関係なかったが、なんとなく興《きよう》を引かれて直之進は問うた。ふと悲しそうに男の子がうつむいた。

なにかまずいことをきいてしまったか、と直之進は焦りを覚えた。

「認之助《にんのすけ》の父ちゃん、病気で死んじまったんだよ」

隣に立っていた男の子が直之進に伝えた。

「そうだったか、それは気の毒に」

「おいらのおとっつぁんは、腕のいい大工だったんだよ。でも酒の飲み過ぎで死んじまったから、今はおっかさんが働きに出ているんだ。おいらも、なにかしたいと思っているんだけど……」

母親は、認之助を働かせようとは思っていないのかもしれない。

「おっかさんは夜も働きに出ているのか」

「そうだよ。近くの煮売り酒屋だよ。家にいても一人でなにもすることがないから、おっかさんが戻ってくるまで、おいらはいつも外で遊んでいるんだ」

「おいらも家にいてもつまらないから、認之助と一緒に遊んでるんだ」

「おいらもだよ」

片親などで寂しい思いをしている子供がこの世にいくらでもいるのだろうな、と直之進は思った。息子の直太郎《なおたろう》も、もし直之進か母親のおきくが死んでしまったら、いったいどんな思いをするのだろう。

「湯瀬師範代、どうされた」

黙り込んだ直之進を気にしたか、横から十郎左が声をかけてきた。

「ああ、ちと考え事をしていた。済まぬ」

姿勢を正して直之進は認之助を見つめた。

「それで認之助、奈志田屋の提灯を持った二人はどこへ向かった」

「中山道をまっすぐ行ったよ」

「ありがとう」

直之進は礼を述べた。立ち去る前に忠一が駄賃をあげようとしたが、認之助たちが首を横に振って断った。

「人に親切にするのは、お金のためじゃないからね」

まったくその通りだな、と直之進は感じ入った。もう一度、認之助たちに感謝の言葉を投げてから、中山道を歩き出した。

四

旅人の姿が目立ちはじめた中山道を足早に進みつつ直之進たちは、なおも人々に話をきいていった。

しばらく空振りが続いたが、巣鴨御駕籠町《すがもおかごまち》の辻番があり、そこに二人の老人が詰めていた。この辻番は、背後に建つ加賀《かが》百万石の前田《まえだ》家の抱屋敷《かかえやしき》を警備しているようだ。

辻番の骨ばった一人の老人から、直之進たちは耳寄りな話を聞くことができた。

「昨日、わしは夕方からここに詰めていたんだが、夜もだいぶ更けてから、奈志田屋の提灯を携えて行く者を見たんだよ。奈志田屋ってここからそんなに遠くないけど、あの店の者があんな刻限にやってくることなど、滅多にないからね、よく覚えておるよ」

「それは二人組だったのか」

「そうだ。あと少しで家に着くから、とかなんとか、提灯を持って肩を貸してるほうの男がいっていたが……」

「その二人組はまっすぐ中山道を行ったのか」

「うむ」

「かたじけない」

頭を下げ、直之進は再び歩きはじめた。

「もうじき巣鴨村ですが、死神はどこまで行ったんでしょう」

直之進をちらりと見て忠一がいった。

「もうじきではないかな。前にもいったが、源六が連れ込まれたのは、白山権現からさほど離れておらぬ場所のはずだ」

「だとしたら、このあたりで道を曲がったかもしれませぬ」

後ろから十郎左が直之進にいった。

「確かにな」

十郎左に応じたとき直之進の目は、新たな辻番を捉えた。足早に辻番に歩み寄り、直之進は声をかけた。

辻番には先ほどと同じように二人の老人が詰めていた。

「なんですかな」

柔らかな声で一人がきいてきた。どこか品のよさそうな顔をしている。

「昨晩のことだが、奈志田屋の提灯を携えた者がこの前を通らなかったか」

「奈志田屋さんなら存じておりますが、見かけた覚えはありませんねえ」

そうか、といって直之進はその場を離れた。それから一町ほど行ったところに、また辻番があった。

先ほどの辻番の老人にした問いを、この辻番に詰めている二人にもぶつけてみる。

「ええ、通りましたよ」

頭髪が真っ白な老人が答えた。

目をみはって直之進はたずねた。

「まことか」

「ええ、まちがいありません。手前はすっかり年老いてしまいましたが、まだ頭はしゃっきりしていますから」

辻番に詰めているのは老人がほとんどである。これが『辻番は生きた親爺の捨て所』などと川柳《せんりゅう》に詠《よ》まれる所以《ゆえん》になっているのだが、眼前の老人の瞳には輝きがあり、耄碌《もうろく》という言葉からはほど遠いように思えた。

「奈志田屋の提灯を持っていたのは二人連れだったか」

「そうですよ。一人が奈志田屋の提灯を持って、もう一人の酔っ払いに肩を貸しておりましたな」

「その二人は中山道をまっすぐ行ったのか」

いいえ、と老人がかぶりを振った。

「この先の角を折れていきました」

辻番から身を乗り出して老人が、町家が建ち並んでいるほうへと、ごつごつした指を伸ばした。

やはり曲がったのか、と直之進は思った。

「どこの角かな」

「ここから一町ほど行くと、枡形横町《ますがたよこちょう》という細い通りがあります。二人はそこを曲がっていきましたよ」

「一町も離れていて、よくわかったな」

直之進を見上げて老人がにこりとする。

「もう人通りがとうに絶えている刻限で、手前は二人の後ろ姿をなんとなく見ていたんですよ。そうこうするうちに、提灯の明かりが道の左側を照らしたのち、消えていったんで、枡形横町に入っていったんだとわかりました」

「なるほど」

この老人はやはり耄碌していない。この言葉は信用しても構わぬのではないか、と直之進は思った。

「かたじけない」

ここでも謝意を表して、直之進たちは道を急ぎ、枡形横町に入った。

「死神に近づいてる手応《てごた》えがありますね」

顔を紅潮させて忠一がいった。

「まちがいなく近づいておるぞ」

直之進も、もはやまちがいない、とはっきりと感じ取っていた。

「湯瀬師範代、このあたりはもう巣鴨村でしょう」

前を行く忠一が直之進に伝えてきた。

「そうか、巣鴨村か……」

枡形横町から二町ほど行くと、道が右へ斜めに折れ、畑の中をほぼ直角に曲がりながら突っ切っていた。

「これが枡形横町の由来《ゆらい》かもしれぬな」

畑の中の細い道を歩きながら直之進はいった。

「宿場によくある枡形のような形をしているからですか」

勘よく十郎左が返答した。

「そうだ。しかし畑の中の道をこんなに鋭く曲げてあるとは、どのような意味があるのだろう」

「確かにわけがわかりませぬな」

首をひねって十郎左が応じた。

「しかし湯瀬師範代、死神は本当にこのようなところに来たのでしょうか」

あたりは田畑ばかりである。不安に思ったらしい十郎左が疑問を呈した。

「まちがいあるまい」

十郎左の言葉に気持ちを乱されることなく、直之進は断じた。

「先ほどの老人の言葉に偽りはあるまい。巣鴨村は白山権現までさほど遠くない。それに、なにより人家があまりない。その上、身を隠すところは、いくらでもありそうではないか」

「さようにございますな……」

十郎左が同意した。うんうん、と忠一もうなずいている。

あたりには、暑さに負けず泥まみれで懸命に働いている百姓衆の姿が散見できた。

あの者たちに話をきいてみるか、と直之進が思ったとき、前から巣鴨村の者とおぼしき百姓が足早にやってきた。

その百姓が立ち止まって横にどき、直之進たちに道を譲る。足を止めた忠一がその男に声をかけた。

前に出て直之進は、昨晩奈志田屋の提灯を掲げている二人組を見なかったか、と尋ねた。

いきなり問いかけられて男はびっくりしたような顔をしたが、すぐに、奈志田屋の提灯なら見ました、と答えた。

「まことか」

瞠目して直之進はきいた。はい、と首にかけた手ぬぐいを取って男が低頭した。胸元まで赤黒く日焼けしていた。

「昨晩のいつのことだ」

さらに直之進は問うた。

「あれは、もう四つを過ぎていたと思います」

「奈志田屋の提灯を掲げていた者は二人連れだったのだな」

少し前に出て直之進は確かめた。

「はい、ほっかむりをした人が、もう一人の酔っ払いに肩を貸していました」

「おぬしは、四つ頃に他出したのか」

ええ、と答えて男が少し顔をしかめた。

「昨夜は寝ようとしたところで女房とつまらねえことで喧嘩になっちまいまして、むしゃくしゃしたんで、この先にある飲み屋に行こうとしていたんですよ」

「そのときに二人組とすれ違ったのか」

はい、と男が腰をかがめた。

「二人組はどっちへ向かった」

直之進はさらに男に質した。

「あそこにお寺がございますね」

いわれて直之進は、男が指さす西のほうを見た。十郎左と忠一も眺めている。

確かに、かなりの大寺が田畑に囲まれるように建っている。

「あの大きなお寺は東福寺というんですが、二人が向かったのは、あちらのほうですよ」

「わかった、かたじけない」

男に礼を述べて、直之進たちはさっそく東福寺を目指した。今日も天気がよく、暑さはかなり厳しいものになってきている。

汗を流しながら道を進むと、東福寺の北の際に着いた。東福寺の塀沿いに道を進んだ直之進たちは立派な山門をくぐり、広い境内を隈《くま》なく見てみた。だが、この寺では寺男や修行僧らしい若い僧侶を含め、大勢の者が暮らしていた。

この寺に源六を隠しておけるような場所はどこにもない、と直之進は判断した。直之進たちは東福寺をあとにした。

「こちらに二人組が来たのはまちがいないのですから、この先へさらに行ってみますか」

十郎左が直之進に提案した。東福寺の前には、川を挟んで広壮な武家屋敷が建っていた。その屋敷が何家のものか、直之進たちは誰も知らなかった。

「それがよかろう」

十郎左の提案を受け入れた直之進は、川に架かる橋を渡り、西へと足を延ばした。

「あの建物はなんでしょう」

東福寺から三町ほど行ったとき、忠一が声を上げた。直之進が見ると、低い塀に囲まれた建物があるのが知れた。

「武家屋敷ではないようだ。寺だな。それもずいぶん小さい」

東福寺の十分の一ほどの広さしかないのではあるまいか。

「破れ寺のようですね」

破れ寺か、と直之進は思った。源六を閉じ込めておくには恰好の場所ではないだろうか。

「もしかすると、死神がひそんでいるかもしれぬ。用心せよ」

はっ、と十郎左と忠一が声を揃えた。

「いつでも刀を抜けるようにしておけ」

腰を落としつつ直之進たちは、慎重に破れ寺に近づいていった。

今にも崩れそうな山門の前に来た。扁額は掲げられておらず、寺の名は知りようがなかった。

昔はこの寺にも住職がおり、栄えたこともあったのだろう。直之進は、ときの流れの無常を感じた。

すぐには山門をくぐらず、破れ寺の気配を探ってみた。

「誰か人がいるようだ」

直之進がつぶやくと、えっ、と十郎左が小さく声を上げた。

「死神ですか」

きかれて直之進は首をひねった。

「それはわからぬ。だが、伝わってくる気配は剣呑《けんのん》なものではない」

息を深く吸い込んで直之進は手を振った。

「よし、行ってみよう」

直之進は先頭に立ち、山門をくぐった。振り仰ぐと、山門は今にも崩れ落ちそうだ。それほど老朽《ろうきゅう》していた。

そろそろと動いて直之進は、境内に足を踏み入れた。境内に人けはまったくない。太陽がじりじりと境内の土を焼いているだけだ。

この寺は、なぜか風の通りが悪いように感じた。

――気の流れがよくないのかもしれぬ。

そのせいで、廃寺になったのではないだろうか。

擦《す》り切《き》れた石畳《いしだたみ》を踏んで、直之進は人の気配がしている本堂を目指した。本堂には五段ほどの階段がついていたが、足をのせれば壊れてしまいそうだった。直之進はひらりと跳び、擬宝珠《ぎぼうし》のついた手すりを越えて回廊《かいろう》に上がった。回廊の床板もかなり傷んでおり、下手をすれば踏み抜きそうだったが、抜けることはなかった。

本堂の扉は閉まっているが、穴だらけだ。直之進はその穴の一つから中をのぞいてみた。

屋根から光が射し込んでいる本堂の真ん中で、髭面《ひげづら》の男が筵の上にうつ伏せになっていた。両手で書物を持ち、熱心に読んでいる。

——あれが死神なのか。

だが、身なりからして、どう見ても浮浪人だ。ここに勝手に住み着いているのだろう。

浮浪人がいると、直之進は十郎左と忠一に小声で伝えた。

「どうしますか」

案じ顔で十郎左がきいてきた。

「せっかくここまで来たのだ。あの男に話を聞いてみよう」

失礼する、と声をかけて直之進は扉を開けた。うわっ、と浮浪人が跳ね起き、本を投げ出して逃げようとする。

だが床板が抜けているところに足を突っ込んでしまい、派手に転んだ。

浮浪人と同じ目に遭わないように注意して近づき、直之進は男の手をがっちりとつかんで引き上げてやった。

怯えたような目で男が直之進を見上げる。

「なにもせぬゆえ、安心しろ」

穏やかな声で直之進は語りかけた。それが本心であると伝わったか、男がほっと息をついた。

「驚かせてしまい悪かったが、なにも逃げずともよかったのだ」

済みません、と男が頭を下げた。

「たまに粋《いき》がった若い輩《やから》が、あっしをいじめに来るもので、つい」

「そんな者がいるのか」

「はい、迷惑でなりません」

嘆《なげ》くようにいって男がその場に座り直した。

男は本当に怯えて逃げ出そうとした。もしこの男が死神なら、あそこまで芝居をする必要など、ないのではないか。

「それで、なにか御用ですか」

沈黙に耐えられなくなったように、男がきいてきた。

「俺たちは、おぬしに話を聞きたくてここに入ってきた」

「えっ、あっしにですか」

男がきょとんとする。そうだ、といって直之進は男の前に座した。

「いったいなにをお聞きになりたいんです」

男が興味津々の顔を向けてくる。

「その前に、俺たちのことを教えておこう。日暮里にある秀士館という学校の者だ」

その上で直之進は名乗り、十郎左と忠一の名を告げた。

「おぬしはなんという」

「あっしは小三郎《こさぶろう》といいます」

本名かどうかわからない。適当にでっち上げた名かもしれないが、直之進にはどうでもよかった。

「小三郎か、よろしくな」

「はい、よろしくお願いします」

「それで俺たちが知りたいことだが」

直之進は前置きをし、昨日なにがあったか小三郎に説明した。ええっ、と小三郎が大仰《おおぎょう》にのけぞった。

「白山権現で心中に見せかけた殺しがあったんですか……」

そうだ、と直之進はいった。

「昨晩、源六という若者が無慈悲に殺された。死神と俺たちが呼ぶ男が、殺したようなものだ。俺たちは、その男の足取りを追ってここまで来たのだが、小三郎、昨夜ここに誰か来なかったか。一人は死神で、もう一人の源六は気を失っていたはずだ」

唾を飲み込んだか、小三郎がごくりと喉仏を上下させた。

「ええ、二人の男がやってきましたよ」

「やはりそうだったか」

手応えを得た直之進は顔を突き出した。

「詳しく聞かせてくれ」

はい、といったが、小三郎が小狡《こずる》そうな顔を見せた。

「あの、ただでお話ししなきゃいけませんか」

なんて野郎だ、という顔を十郎左と忠一がしたが、直之進は二人を無言で制した。

「うむ、よかろう」

懐に手を入れ、直之進は財布を取り出した。一朱銀をつかみ出し、小三郎に与える。

「これでよいか」

「ええ、もちろんです」

ほくほくと笑んで、小三郎が汚い着物の袂に一朱銀を落とし込んだ。

「一朱だと、使う際に両替商で両替しなければならぬが、大丈夫か」

ええ、と微笑とともに小三郎が答えた。

「そのあたりは、なんとかします」

正規の両替商は敷居が高く、両替する際、この金をどこで手に入れたのか、いろいろうるさくきいてくるのだ。口銭《こうせん》はやたら高いが、なにもきいてこない闇の両替商に、小三郎は心当たりがあるのだろう。

「よし、小三郎。昨晩ここに来た者について話してくれ」

わかりました、といって小三郎が姿勢を改め、唇を舐《な》めた。

「四つを過ぎた頃でしょうか、あっしはそのときここで寝ていたんですが、なにやら人がやってきた気配がしたので、扉から外をのぞいてみたんです。そうしたら、二人の男が来たのがわかったんです。ほっかむりをした男がもう一人に、肩を貸していました。あっしはあわてて、そこの穴から床下にもぐり込みました」

小三郎が指さしたのは、本堂の端に空いているかなり大きな穴だ。

「それからどうした」

真剣な目を小三郎に当て、直之進は先を促した。

「あっしは穴から少し顔を出して、二人の男が入ってくるのを待っていました。あの穴のあたりはひどく暗いし、滅多なことでは見つからないと思っていました」

わかった、と直之進はいった。

「続けてくれ」

はい、と小三郎が答えた。

「今にも壊れそうな階段を上がってきたのでしょう、ぎしぎしと音がしました。扉が開き、中に入ってきた男がもう一人を床に寝かせました。その人は気を失っているようでした」

「そうか……」

ふう、と息をついて小三郎が間を置いた。

「男がもともと用意しておいたらしい縄でもう一人を縛り、猿ぐつわをかませました」

ふむう、と直之進の口からうなり声が出た。

「それで」

「蚊遣を盛大に焚いて男が横になったんですが、その煙で目覚めたか、縛《いまし》めをされたほうの人が目を覚ましたんです。そうしたら男が、おまえはもうじき死ぬ、覚悟をしておけ、といい放ちました」

「なんと」

わけもわからずこんな場所に連れてこられて、さらに脅しのような言葉を、正体も知らない男から聞かされたのだ。源六は恐ろしくてならなかったのではないか。

かわいそうに、と直之進は顔を歪めた。源六がいくら剣の強者だといっても、まだ十六に過ぎない。そんな脅しに耐えられるような歳ではない。

小三郎が言葉を続ける。

「縛めをされた人がなにかもごもごいって、じたばた暴れはじめました。うるさい、といわんばかりに男が立ち上がり、縛めをされた人に当身を食らわせました。気絶したらしく、その人はぐったりと横になりました」

許せぬ、と直之進は思い、ぎりと奥歯を嚙み締めた。

「その後は」

できるだけ冷静な声で小三郎にきいた。

「それで満足したか、男が横になり、寝息を立てはじめました。あっしはその男が怖くてならず、その場を動くことなく、じっと息をひそめていました」

「そのあと男は、源六を連れて出ていったのだな」

さようです、と小三郎がいった。

「深夜の八つを過ぎた頃でしたか、男が目を覚まし、まだ気絶したままだったその人をひょいと担いで、出ていきました。外から荷車が動くような音が聞こえてきました。おそらく荷車は、あらかじめ用意してあったんでしょう」

源六は荷車にのせられて白山権現まで運ばれたのか、と直之進は思った。

「小三郎、男の顔を見たか」

いいえ、と小三郎が首を横に振る。

「怖くて、あまりよくは見ていません」

「少しは見たのだな。歳は、いくつくらいだった」

うーむ、と声を出し、小三郎が目を閉じた。

「よくわかりませんが……」

目を開けて小三郎がいった。

「四十代半ばくらいではなかったかと」

「顔に目を引くような徴《しるし》はなかったか」

そうですねえ、と小三郎が再び考え込む。

「まず坊主頭が目を引きました。あとは、眼光が鋭いというのか、目がぎょろりとしていました。あの目でにらまれたら、相当怖いと思います」

「背格好はどうだ」

「筋骨が隆《りゅう》として、がっちりしていました。固太《かたぶと》りというんですかね、力はいかにもありそうでした」

源六を軽々と担ぎ上げられるくらいだ。相当の膂力《りょりょく》を誇っているのは、まちがいないだろう。

――俺が見た天蓋の男と、背格好は似ているな。やはり同じ者だろう。

それと、と小三郎がいった。

「江戸の言葉でもう一人の男に語りかけていましたが、あの男はもともと上方の出ではないかと思います」

「そうなのか」

もしそれが本当なら、大きな手がかりではないか。

「小三郎、死神がよく上方の者だと見抜けたな」

「実をいうと、あっしも上方の出なんですよ。ですから、言葉の抑揚《よくよう》なんかで、そのあたりはわかるんです」

「小三郎、よく思い出してくれた」

「お褒めいただき、ありがとうございます」

小三郎、と直之進は呼んだ。

「おぬしは、なぜ上方から出てきたのだ」

「さる商家の江戸店《えどだな》に奉公に来たんですが、商家勤めのあまりの厳しさに音《ね》を上げて、やめちまったんです。それでふらふらしているうちに二度と這い上がることができなくなり、今やここまで落ちぶれてしまいました」

「そうだったのか。だが、まだ若い。やり直せるのではないか」

小三郎はまだ三十に達していないだろう。二十代の後半くらいか。やり直すためのときは十分にありそうだ。

「小三郎、もしなにか困るようなことがあったら、遠慮なく秀士館を訪ねてこい」

それを聞いて小三郎が顔をほころばせた。

「あっ、はい、ありがとうございます。秀士館は日暮里にあるんでしたね」

「そうだ。日暮里まで来て人にたずねれば、すぐにわかるはずだ」

「承知いたしました。なにか難儀なことが起きたら、必ず訪ねるようにいたします」

「それでよい。では、これでな」

直之進は立ち上がろうとして、そばに落ちている書物に気づいた。

「これはおぬしのものか」

あっ、と小三郎が声を上げた。

「いえ、ちがいます。それは死神が持ってきて、ここに忘れていったんです」

「なにっ」

直之進は書物をすぐさま手に取り、題名を見た。『啓蒙武具大全』とあった。

作者は北山徳村と記してある。

「ずいぶん古い書物のようだな。これを死神が持っていたというのか。どこで手に入れたのだろう」

「この店ではないでしょうか」

小三郎が背後の床を探り、一枚の紙を差し出してきた。直之進は受け取り、その紙に目を落とした。

それには板野屋と店の名が刷り込まれていた。

「これは、この書物を包んでいた紙だな」

直之進は小三郎に確かめた。

「さようです」

「こんな高そうな書物を忘れていくとは、死神もけっこう抜けているな」

「湯瀬師範代、その板野屋というのはどこにあるのでしょう」

紙に目を当てて、十郎左がきいてきた。

「それもあっしが知っていますよ」

いきなり小三郎がいったから、直之進は瞠目した。

「おっ、そうなのか。どこにある」

直之進は強い口調できいた。

「神田明神の近くですよ。老舗《しにせ》の書物問屋で、あっしはその近くの商家に奉公していたものですから、よく知っているんです」

そういえば、と直之進は思い出した。

――許嫁のおこんが昨日、神田明神近くの岩井屋という甘味処に入って、心太を食べたといっていたな。

死神は岩井屋には入らず、近くの板野屋でときを潰したのかもしれない。そのとき『啓蒙武具大全』を購《あがな》ったのではないだろうか。

ならば、と直之進は思った。板野屋の者が死神のことをなにか覚えているかもしれない。

――板野屋に行かねばなるまい。

改めて小三郎に礼を述べて直之進は立ち上がった。

本堂を出た直之進は、手すりを越えて、回廊から地面に飛び下りた。十郎左と忠一があとに続く。

狭い境内をあっという間に通り抜け、直之進は忠一を見た。

「忠一、これから板野屋へ向かうが、また先導を頼めるか」

「板野屋は神田明神の近くでしたね。承知いたしました」

張り切って忠一が先導をはじめる。

「湯瀬師範代」

後ろから十郎左が話しかけてきた。なんだ、と直之進は首をねじり、十郎左を見た。

「死神ですが、こんな鄙《ひな》びたところにある破れ寺を知っているくらいですから、このあたりに土地鑑があるのではないでしょうか」

「そうかもしれぬ。この近くで上方から来た者を捜せば、死神を見つけ出せるか」

顔をしかめて直之進は首を横に振った。

「だが、それを調べるにはあまりに広すぎる。それは、富士太郎さんのような公儀の者に任せるしかあるまい」

あたりには広大な田畑が広がっているのだ。秀士館の門人総出で当たれば見つかるかもしれないが、いくら源六の無念を晴らすためとはいえ、門人たちにそこまで強要するわけにもいかない。

「さようにございますね」

少し残念そうに十郎左が同意する。

「だが、死神がどこにいようと、必ず見つけ出してやる」

「はい、それがしもそのつもりでおります」

品田どの、と直之進は呼んだ。

「小三郎から話を聞いて、死神はさしたる遣い手ではないのが、はっきりしたな」

「それは、なにゆえでございましょう」

理由を知りたそうな顔で、十郎左が問うてきた。

「死神は、小三郎が近くで様子をうかがっていることに気づかなかった。源六を気絶させるほどの手練《てだれ》ではあるが、驚くほどの腕ではないことの証であろう」

「確かに……」

――死神め、必ず俺が仕留めてやる。

かたい決意を直之進は胸に刻み、神田明神近くの板野屋を目指し、力強く歩を進めていった。

第四章

一

昨日、直之進と別れたあと、珠吉は富士太郎、伊助とともに、駒込追分町にある鹿右衛門の家を訪れた。

この家に死神に関する手がかりがきっとあるはず、と富士太郎がにらんだからだ。

珠吉たちは徹底して家探ししてみたが、結局は空振りに終わった。手がかりになりそうな物は、なにも見つからなかったのだ。

死神だけでなく、珠吉を狙っている殺し屋についても、糸口になる物がないか調べてみた。

だが、そちらもそれらしい物を見つけ出すことができなかった。

日が改まった今日は朝早くから、珠吉は富士太郎、伊助の三人で牛込白銀町に向かっていた。稲木屋のあるじ惣之助に会い、鹿右衛門についてもっと詳しく質《ただ》すつもりでいる。

「ねえ、珠吉」

斜めから射し込む日光を受けながら歩いていると、今日も珠吉の背後を守っている富士太郎が声をかけてきた。

「なんですかい」

ちらりと後ろを見て珠吉はきいた。

「昨晩も殺し屋の気配はなかったんだね」

「ええ、ありませんでした」

むろん警戒は怠らなかったが、怪しい気配はまったく感じなかった。

「さすがにぐっすりとはいきませんでしたが、おかげで前の晩よりはよく眠れましたよ」

「そいつはよかった」

うれしそうに富士太郎が微笑む。富士太郎が笑うのを見ると、珠吉も幸せになれる。

「珠吉、前を向いておくれ。そのままおいらの話を聞いてくれればいいよ」

「わかりました」

富士太郎から目を離した珠吉は、伊助の背中を見つつ足を動かしはじめた。

「昨日、屋敷で思ったんだけど」

また富士太郎が話し出した。珠吉は振り返りそうになるのを我慢した。

「なにをですかい」

伊助の背中に眼差しを注いで珠吉はきいた。

「殺し屋と死神のことだよ」

ええ、と応じて珠吉は黙って聞くことにした。

「鹿右衛門は、源六に恋い焦《こ》がれていた。しかし源六は決して振り向こうとしなかった。老い先短い鹿右衛門は、なんとかして源六を我が物にしようとした」

はい、と珠吉は相槌を打った。富士太郎が続ける。

「人生最期の花を咲かせたかった鹿右衛門は、源六をかどわかして白山権現に連れてくるよう、死神に頼んだ」

「ええ、その通りですよ」

「ねえ、珠吉」

少し強い口調で富士太郎が呼びかけてきた。

「死神が、実は殺し屋なんじゃないかな」

「えっ」

珠吉は意表を衝かれた。だがいわれてみれば、と思い、振り向いて富士太郎を見つめた。

「珠吉、またこっちを見てるよ。軒柱に頭をぶつけちまうじゃないか。前を向いておくれ」

「済みません、ついうっかり」

頭をかいて珠吉は富士太郎の言に従った。富士太郎がまた話しはじめる。

「死神は、鹿右衛門に頼まれて源六をかどわかした。鹿右衛門が源六を刺したのはまちがいないだろうけど、すべてのお膳立てをととのえたのは死神だ」

「その通りでしょう」

「もし鹿右衛門から源六を殺してほしいと頼まれていたら、死神はそれを確実に実行していたはずだ。そうしなかったのは、鹿右衛門が白山権現で源六と心中したいと願ったからだ。つまり死神はただの殺し屋で、こたびの一件は心中に見せかけたに過ぎなかった。そう見るべきなんじゃないかな」

なるほど、と珠吉は感嘆の声を上げた。

「死神が殺し屋でないと考えるほうが、よほど無理があるような気がしてきましたよ」

「そうだろう」

富士太郎が得意げにいった。

「旦那、よく思いつきましたね」

前を向いたまま珠吉は富士太郎を褒めた。

「昨晩、寝床に入って暗い天井を見つめていたら、ふとひらめいたんだ」

「天井ですかい。あっしもそれはよくやりますよ。あっしの場合は、天井の模様がなにかの化物に見えたりしますが……」

「おいらは、考えをまとめたいときによく天井を見るんだ。鹿右衛門は殺し屋を鉄三に紹介し、死神には源六のかどわかしを頼んだ。裏渡世に通じていたのかもしれないけど、もともと堅気だった鹿右衛門が、果たしてそう何人も裏稼業の人と知り合えるものかな、とね。死神と殺し屋が同一人物なんじゃないかって気づいたんだよ」

「さすが旦那ですね」

「そんなに褒めても、なにも出ないよ。むしろ、気づくのがちと遅すぎたくらいだよ」

反省の弁を富士太郎が述べた。

「それに死神が殺し屋だとしても、やつが珠吉の命を狙っている事実に変わりはないんだ」

「そうですね」

珠吉は真剣な顔でうなずいた。今も死神が狙っているかもしれない。

——負けていられるかい。必ず返り討ちにしてやるぜ。

それからやや日が高く昇った頃、珠吉たちは牛込白銀町に足を踏み入れた。稲木屋に再び足を運ぶ。

稲木屋は開いており、大勢の客が出入りしていた。店を興した元主人が死んだからといって、惣之助に休むつもりはないようだ。

「この分なら、話も聞けそうだね」

足を速めた富士太郎がさっと暖簾を払い、ごめんよ、といって中に入った。珠吉は伊助とともに続いた。

相変わらず中は多くの品物が並べられており、圧巻としかいいようがない。大勢の客が楽しそうに品定めをしていた。

店の奥に大股で進んだ富士太郎が、店座敷を見やる。珠吉もそちらを眺めた。

店座敷には今日もあるじの惣之助が座して、得意客らしい女と話し込んでいた。

今日はいち早く富士太郎を認めたようで、女客に断って立ち上がり、店座敷を突っ切って近づいてきた。富士太郎のそばに端座し、両手をついて挨拶する。

「いらっしゃいませ」

「うん、また足を運ばせてもらったよ」

済まなそうな顔になり、惣之助がまた頭を下げた。

「先代が世間さまをお騒がせし、まことに申し訳ございません」

「おまえさんが、謝ることじゃあないよ。悪いのは鹿右衛門だからね」

「畏れ入ります」

惣之助が雪駄を履き、土間に下りてきた。

「惣之助、昨日は白山門前町に来なかったね」

「まことに済みません」

また惣之助が深くこうべを垂れた。

「この店に先代の鹿右衛門が相対死で死んだという知らせがもたらされたとき、手前は得意先におりまして、向後《こうご》の取引について話し合っておったのです」

「取引先のほうには、知らせが届かなかったのかい」

「届きましてございます。ただ、手前が訪ねた得意先は品川《しながわ》でございまして、とてもその日のうちに白山権現に行けそうにはなかったものですから……」

「品川かい。それじゃあ仕方ないね。今日は白山権現には行ったのかい」

「実は昨夜、行ってまいりました」

なんと、と珠吉は瞠目した。富士太郎も驚きの目を惣之助に向けている。

「鹿右衛門の骸を引き取ってきたのかい」

富士太郎が小声で惣之助にきいた。

「さようにございます」

言葉少なに惣之助が答えた。

「そうかい。おまえさんなりに義理を果たしたんだね」

「なんの恩返しにもなりませんが……」

「いや、立派だと思うよ」

白山門前町から、昨夜のうちに二つの死骸が消え失せたのだ。今朝になってそれを知って、町役人の岐三郎は心からほっとしたのではあるまいか。

「立派だなんてことはございませんが……」

目に涙を浮かべて惣之助が富士太郎に向かって頭を下げる。

「仏はどうしたんだい」

「今朝のうちにお墓に……」

「そうかい、大変だったね」

優しい声で富士太郎が惣之助をねぎらった。

「疎遠《そえん》にはなっておりましたが、恩人の死はやはりこたえるものがございます」

「うん、そうだろうね」

珠吉も、せがれの順吉《じゅんきち》の死は身にしみた。あれで一気に老けたようなものだ。

「樺山さま、今日はお上がりくださいませんか」

「いや、ここでいいよ。長居するつもりはないんだ」

わかりました、と惣之助がいった。

「それで樺山さま。今日はいかがなされました」

惣之助にきかれて、富士太郎が顎を引く。

「おまえさんは確か、隠居してから、鹿右衛門がこの店に来ることは滅多になかったと、一昨日いったね」

「申し上げました」

「近頃、出先で鹿右衛門を見かけたことはなかったかい」

「出先で、でございますか」

眉根を寄せ、惣之助が考え込む。なにか思い出したように面を上げた。

「そういえば、前に根津《ねづ》のほうに行ったとき、さる稲荷社で先代の姿を見かけたことがございます。その稲荷社の前を通りかかるのは久しぶりだったので、寄ってみたところ、境内に先代がいたのでございます」

「それは、いつのことだい」

首をひねったが、惣之助が迷いのない口調で答えた。

「一月《ひとつき》ほど前でございましょう」

「鹿右衛門は、そこでなにをしていたんだい」

「絵馬掛所《えまかけどころ》におりましたので、絵馬に願い事を書き、それをかけようとしていたのではないかと」

「鹿右衛門が願い事かい……」

「先代は以前、その稲荷社で願い事をしてから、運が回りはじめたといっていました。その稲荷社を崇《あが》め敬《うやま》い、頼りにしていたのはまちがいないと存じます」

「そんなにご利益《りやく》がある稲荷社なのかい」

俺も行きたくなっちまうな、と珠吉は思った。富士太郎も同様ではないだろうか。

「そのときおまえさんは、鹿右衛門に声をかけたのかい」

いえ、と惣之助が首を横に振った。

「手前がそうする間もなく、先代がそそくさと立ち去ってしまいましたので。その稲荷社は境内の横からも外に出られるようになっており、そちらを抜けていったようでございます」

富士太郎がしばし考える表情になった。

「鹿右衛門は、源六との仲がうまくいくようにと、祈願していたのかな」

「そうかもしれません……」

惣之助、と富士太郎が呼んだ。

「もし二人の仲がうまくいっていたら、鹿右衛門も源六も死ぬことにはならなかったと思ってないかい」

「思っておりません」

はっきりした声音で惣之助が否定した。

「どうやったのかは見当がつきませんが、先代が、源六さんを無理やり道連れにしたことは、手前でもわかります。先代のような老人がいくら金を積んだところで、許嫁までいた源六さんが、なびくはずがございません。もともと源六さんは裕福な家に生まれたのでしょうから、大金にも惹《ひ》かれなかったでしょう」

その通りだろうよ、と珠吉は思った。

「いま鹿右衛門が、源六を道連れにしたといったね。それは正しいんだけど、実はそれだけじゃないんだ。鹿右衛門に手を貸した者がいるんだよ。これは他言無用にしてくれ」

「えっ、そうなのでございますか」

惣之助が大きく目を見開いている。

「おいらたちはその者を死神と呼んでいてね。鹿右衛門は金を積んで、源六をかどわかして白山権現に連れてくるよう、死神に頼んだんだ」

「先代はそこまでしたのでございますか」

惣之助は驚きを隠そうとはしなかった。

「誰かが手を貸さない限り、源六を道連れにして心中に見せかけるのは無理だからね」

「おっしゃる通りでございましょう」

　納得したような声を惣之助が上げた。

「その死神を捕らえるために、今おいらたちは動いているんだ」

「それにしても、死神でございますか……。なんとも気味の悪い名がついておりますね」

「その名にふさわしい得体の知れないやつだよ。もっとも、おいらはまだじかに見てはいないんだけど」

　惣之助、と富士太郎が呼んだ。

「ほかに、鹿右衛門のことで思い出すことはないかい。鹿右衛門は死神につなぎを取ったはずなんだ。おいらは鹿右衛門がどうやってつなぎを取ったのか、知りたいんだよ。それがわかれば、死神を捕まえられると思うんだ。惣之助、どんな些細《ささい》なことでもいいから、思い出してくれないか」

「わかりました」

　うつむいた惣之助が、真剣な表情で思案にふける。やがて顔を上げた。

「まことに申し訳ないのでございますが、ほかにはなにも思い出せません。それほど先代と疎遠になっていたことを、思い知らされた気分でございます」

「そうかい、それじゃあ仕方ないね」

さばさばした口調でいい、富士太郎が惣之助に頼み事をする。

「惣之助、鹿右衛門を見たという根津の稲荷社の名と場所を教えてくれるかい」

顎を引いて惣之助がすらすらと口にする。

「その稲荷社は根津権現近くの下駒込村にございまして、天猫山《てんびょうさん》稲荷と申します」

「稲荷なのに猫なのかい」

「そのあたりの由来は、手前もわかりかねるのでございますが……」

「下駒込村の天猫山稲荷だね。下駒込村と一口にいっても広いけど、根津権現近くの下駒込村なんだね」

「さようです。飛び地みたいになっているところでございます」

わかったよ、と富士太郎はいった。

「考えてみると、その天猫山稲荷は、鹿右衛門が暮らしていた駒込追分町とけっこう近そうだね」

はい、と惣之助がうなずいた。

「この店を手前に譲ったあと、先代は天猫山稲荷のそばに住みたくて、駒込追分町に土地を買い、家を建てたそうでございます」

「なるほど、そういうことだったのか……」

富士太郎が納得したような顔をした。

「天猫山稲荷を崇拝していたのに、自分の店を出したのは、ここ牛込白銀町だったのかい。下駒込村からだと、かなり遠いよ」

「鹿右衛門も天猫山稲荷の近所で店をやりたかったらしいのですが、居抜《いぬ》きでよいところが見つからず、結局ここに決めたそうにございます」

「まあ、ここもよいところでよかったじゃないか。いつも繁盛しているし」

「畏れ入ります」

間を置かずに富士太郎が付け加える。

「また話をききに来るかもしれないから、そのときも惣之助、よろしく頼むよ」

「承知いたしました」

丁寧に頭を下げる惣之助の前で、富士太郎がくるりと踵《きびす》を返した。珠吉は伊助とともに富士太郎の後ろについた。

外に出ると、珠吉は日光をまともに浴びた。夏のような暑さに一瞬で包み込まれ、頭がくらっとした。首を振って、しゃんとする。

「珠吉、大丈夫かい」

案じ顔の富士太郎にきかれ、珠吉は笑みをつくった。

「もちろん大丈夫ですよ。いきなり明るいところに出て、目がくらんだだけですから」

「それならいいけど……」

富士太郎が伊助に眼差しを移した。

「伊助、下駒込村に連れていってくれるかい」

「承知いたしました」

元気よくいって足を踏み出した伊助が、まず東へ向かいはじめる。

「鹿右衛門がどんなことを絵馬に書いたのか、気になるからね。もしかすると、死神につながる手がかりがわかるかもしれない」

富士太郎がなにを考えついたのか、珠吉は覚った。鹿右衛門は絵馬で殺しを依頼したのではないか、ということだろう。

その考えを珠吉は富士太郎に告げた。

「さすが珠吉だ。鋭いね」

富士太郎が珠吉を褒めたたえる。

「しかし旦那、絵馬で殺しについてやり取りするのは、ずいぶん危険な気がしますが、どうなんでしょう」

「おいらも同じ考えだよ。絵馬だと、絵馬掛所にかけることになるから、いろいろな人に見られるだろうしね」

伊助、と富士太郎が呼びかけた。

「下駒込村にはどのくらいで着くかな」

振り返ることなく伊助が富士太郎に伝える。

「ここからだと一里以上はありますから、半刻はかかるものと……」

「やはり、そんなにかかるんだね。じゃあ、どこかで腹ごしらえをしていこう」

途中、目についた蕎麦屋に入り、ざる蕎麦で珠吉たちは腹を満たした。

驚くほど美味というわけではなかったが、十分においしい蕎麦切りで、珠吉は満足した。富士太郎と伊助も同様のようだ。

蕎麦屋をあとにした珠吉たちは、四半刻後に下駒込村へ到着した。

珠吉はあたりを見渡した。村といっても、付近の光景は町中とほとんど変わらない。

道沿いに建ち並ぶ家々の背後に畑が広がり、そのさらに向こうには広壮な武家屋敷がある。豊前小倉《ぶぜんこくら》で十五万石を食《は》む小笠原《おがさわら》家の抱屋敷である。

向こうからやってきた近所の町人と思える男に、天猫山稲荷がどこにあるか、伊助がたずねた。後ろに富士太郎が控えていることに気づき、男がわずかに目をみはる。

「天猫山稲荷でしたら、そちらの小笠原さまのお屋敷の表門を過ぎて、半町ほど行った右側にありますよ」

ありがとうと伊助が礼を述べ、富士太郎を振り返った。富士太郎が、よし行こう、といい、歩き出す。

天猫山稲荷は、先ほどの町人がいった場所にあった。珠吉が思っていた以上の広さを誇っている。

一町四方ほどの境内に本殿、手水場《ちようずば》、社務所《しやむしよ》や絵馬掛所などが建っている。

かなりの人が境内に入っていた。誰もが御籤を引いたり、絵馬で願掛《がんか》けをしたり、社務所の横に設けられた売り場でお守りを買ったりしている。

売り場には三人の巫女《みこ》がいた。いずれもかわいい顔をしていた。

――これだけの混みようだ。開運の稲荷として、知られているようだな。

「旦那、鹿右衛門の絵馬を探してみますかい」

「うん、そうしよう。鹿右衛門がなにを書いたのか、なんとしても知りたいからね」

境内を突っ切り、珠吉たちは絵馬掛所に赴《おもむ》いた。そこには数えきれないほどの絵馬がかけられていた。

しかしいくら探しても、鹿右衛門のものと思える絵馬は、見つからなかった。

「ないね」

富士太郎は悔しげな顔をしている。

「ええ、ありませんね」

珠吉は少し疲れを覚えた。まったく、と少し苛立たしげに富士太郎がいった。

「昨日から空振り続きだね。よし、ちょっと社務所に行ってみよう」

富士太郎が歩き出し、絵馬掛所の左側にある建物に向かった。社務所の三分の一が売り場になっており、そこではお守りだけでなく、絵馬や御籤、御札《おふだ》などを販売しているようだ。

富士太郎が足を止めたのは売り場の前ではなく、社務所の戸口である。

「ごめん」

声をかけて富士太郎が戸を開けた。珠吉は伊助とともに富士太郎の後ろに控えた。

富士太郎の前は式台《しきだい》になっており、左右に廊下が延びている。

廊下を挟んだ先に六畳間とおぼしき部屋があり、作務衣《さむえ》を着込んだ男が熱心に筆を使っていた。

「あっ、いらっしゃいませ」

いきなり中に入ってきた富士太郎を町方と認めたようで、男があわてて立ち上がり、式台に下りてきた。

「あの、なにか御用でございますか」

それには答えず、富士太郎がまず名乗った。

「手前は春貞《しゅんてい》と申します。この社で社司《しゃし》を務めております」

よろしくお願いいたす、といって富士太郎が頭を下げた。

「春貞さん、こちらの絵馬についてききたいんだ」

「はい、どのようなことでございましょう」

興を抱いたような顔を、春貞が富士太郎に向けてくる。

「絵馬掛所にかけた絵馬は、日がたつと処分するのかい」

「だいたい一年たった絵馬は、まとめてお焚《た》き上《あ》げをさせていただいております。お焚き上げは、毎年一月に行っております」

ならば、と珠吉は思った。一月前の鹿右衛門の絵馬はまだ残っていなければおかしい。それがないということは、誰かが持ち去ったのだろう。

――死神だ。

珠吉は断じた。富士太郎がにらんだ通り、ここの絵馬は、殺しを頼む者と死神がつなぎの手段として使っているにちがいない。

「春貞さん、ここの絵馬のことで妙な噂《うわさ》が立っていないかい。特に死神についてだ」

鎌《かま》をかけるように富士太郎がいった。それを聞いて春貞が、ええっ、と絶句する。

「やはり立っているんだね」

富士太郎がいうと、噂ではないのですが、と春貞がおずおずと答えた。

「どういうことだい」

「実は、死神という者が、ここの絵馬掛所に絵馬を掲げているのがわかったのです」

——偶然とはいえ、やはり死神といっていたのか。

「どんなことが死神の絵馬には書かれていたんだい」

はい、と春貞が顎を引いた。

「絵馬には『自ら命を絶ちたき者に告ぐ。共に逝きたき者あらば望みに応ず。裏に名及び住処《すみか》を書き込むべし。死神』とありました」

ここ天猫山稲荷によく来ていた鹿右衛門はそれを見て、絵馬の裏に自分の名と住所を書き込んだのだろう。

「その絵馬を春貞さんは見たんだね」

「はい、見ました。最初はうちによく参拝してくれるお年寄りが見つけました。びっくりしてここに駆け込んできました。そのときに、死神の絵馬を手前も見たのです」

さぞ驚いただろうね、と珠吉は思った。

「その絵馬はこの稲荷のものだったかい」

「さようです。山の上に猫と狐《きつね》が仲よく座っているという図です」

「ということは、死神はここで絵馬を買ったことになるね」

「そういうことになりましょう」

「とても薄気味の悪い男ということしかわかっていないんだけど、巫女さんとか、誰か見た者はいないかな」

「では、ちょっときいてまいりましょう」

気軽な調子でいって春貞が廊下に上がった。

「おいらたちもついていっていいかい」

すかさず富士太郎が春貞にきく。

「どうぞ、こちらへ」

珠吉たちはその場で雪駄を脱ぎ、社務所に上がった。

裏から売り場に入った春貞が、巫女たちに一人ずつ声をかけていく。

「一月以上も前のことだけど、絵馬を買った男で、死神のように薄気味悪い者がいたことを覚えていないかい」

だが、三人の巫女はなにも記憶にとどめていなかった。これだけの繁盛ぶりなら、一人一人の客の顔など、なにかよほどのことがなければ、脳裏に刻みつけられるはずもない。

天猫山稲荷でのこれ以上の探索はあきらめたのか、富士太郎が春貞に礼をいった。

「死神はおいらたちが必ず捕まえるから、案じずともいいよ」

「わかりました。ありがとうございます」

天猫山稲荷をあとにした珠吉たちは、富士太郎の提案で、白山権現で先に心中した貫太郎の実家の燕集屋へ足を運んだ。

貫太郎も死神に依頼して、おるいをかどわかし、無理やり道連れにしたという疑いが濃いからだ。

だが、残された父親の基右衛門と母親のおけいは、貫太郎についてほとんどなにも知らなかった。

ただし、貫太郎が天猫山稲荷に行ったことがあるらしいのは知っていた。貫太郎の部屋に、天猫山稲荷の御札が貼ってあったのである。

それだけでも収穫といえた。貫太郎が天猫山稲荷と関わりを持っていたことがわかり、死神に仕事を依頼したことが、ほぼ確実になったのである。

その後、珠吉たちは、殺し屋について詳しく知っていそうな男たちに話を聞いて回った。いずれも以前、裏渡世に身を置いたことがある者ばかりで、同心たちの岡っ引や下っ引を務めていた男だ。

だが、それも結局は空振りに終わった。死神という殺し屋を知る者は、残念ながら一人もいなかったのである。

最後の一人に話を聞いて珠吉たちが外に出たとき、ちょうど日が暮れていった。

「今日は、これでおしまいにしよう」

富士太郎が宣するようにいい、珠吉たちは町奉行所に向かって歩きはじめた。

二

朝から直之進は門人たちとともに探索を開始した。

昨日、巣鴨村の破れ寺をあとにした直之進は、神田明神近くにある書物問屋の板野屋に足を運んでみたが、残念ながら店は閉まっていた。

あるじから留守を託《たく》された隣家の女房によると、あるじは書物を仕入れに、甲《こう》州街道《しゅうかいどう》の府中宿《ふちゅうしゅく》に行ったとのことだ。

もう七十を過ぎているのに元気ですよね、と女房は笑った。

板野屋のあるじは隼五《しゅんご》といい、店を一人で切り盛りしているそうだ。書物を心の底から愛しているとのことである。

隼五がいつ店に帰ってくるか、直之進がたずねたところ、明日の昼前には戻ってくるはずですよ、と女房が答えた。

その後、女房が名をきいてきたから、直之進は教えた。でしたら隼五さんに湯瀬さまというお侍がいらしたと伝えておきますよ、といってくれた。

それで今日になるのを待って、直之進たちは出直してきたのだ。昨日と同様、直之進は十郎左と忠一の二人を伴っている。

佐之助は今日、秀士館に来なかった。お咲希の具合がよほど悪いのかもしれない。

直之進はお咲希のことが心配でならなかったが、自分にできることはなにもない。

佐之助からは、源六の身になにが起きたのか必ず暴き出せ、と命じられている。今は、それに専心するしかなかった。

直之進たちは神田までやってきた。板野屋は開いていた。

「よかった、やっている」

ごめん、と断って直之進は、年季が入っている暖簾を払った。

「いらっしゃい」

書物に丁寧にはたきをかけていた老人が、直之進たちを笑顔で出迎えた。

「もしや湯瀬さまですかな」

「さよう。隼五どのだな」

「はい。手前が、この店のあるじの隼五でございます」

うやうやしく隼五が挨拶した。

「昨日、いらしてくれたそうにございますね。留守にしておって申し訳ありませんでしたな」

「いや、俺たちが来ることを知らなかったのだから、仕方あるまい」

「畏れ入ります」

隼五がこうべを垂れる。

「それで、どのようなご用件でいらしたのですか」

面を上げ、隼五が問うてきた。

「俺たちは、日暮里にある秀士館の者だ」

「ああ、秀士館なら存じ上げておりますよ。佐賀大左衛門《さがだいざえもん》さまが興した学校ですな。この店に佐賀さまが書物を探しに見えたことがありますよ」

「ああ、そうであったか」

さすが館長だ、と直之進は思った。

「一昨日の晩、こちらで書物を買った者のことで、話を聞きたくて足を運ばせてもらった」

「一昨日でございますか。よろしゅうございますよ。なんでもおききください」

顔を輝かせて隼五がいった。

「『啓蒙武具大全』をこの店で買った男がいるはずだが、隼五どの、覚えがあるか」

「ええ、確かにいらっしゃいました。書物を立ち読みして、ときを潰そうとしていましたが、あの方がどうかされましたか」

隼五どの、と直之進は呼びかけた。

「今から話すことは、他言無用に願いたい」

「承知いたしました。誰にも話しません」

表情を引き締めた隼五をじっと見て、一昨日から昨日にかけてなにがあったか、直之進は詳細に語った。

聞き終えた隼五が驚きの顔になる。目尻のしわが少し伸びたように見えた。

「『啓蒙武具大全』を買ったあの人が死神と呼ばれる男で、心中に見せかけて源六さんという人を殺した……」

隼五は、信じられないといいたげだ。

「そうだ、死神は人殺しの下手人だ」

やや激しい口調で直之進は断じた。

「湯瀬さま、なにかのまちがいではございませんか」

当然の疑問を隼五が口にした。

「『啓蒙武具大全』を買った男は言葉に、上方の者のような抑揚がなかったか」

うーん、とうなって隼五が考え込む。

「あまり話をしたわけではないので、はっきりとはわかりかねますが、いわれてみれば、そんな感じもあったような……」

「実をいうと、俺たちは、南町奉行所の樺山富士太郎という定町廻り同心と、力を合わせて探索をしておる」

「南町のお役人と……」

「それゆえ、俺がいうことはすべて信用してもらって構わぬ」

「わかりました」

隼五どの、と直之進は呼んだ。

「この紙はこの店のものだな」

懐から板野屋と屋号の入っている紙を取り出し、直之進は隼五に見せた。隼五が紙を凝視する。

「はい、うちのものです」

「この紙を俺は昨日、巣鴨村の破れ寺で手に入れた」

その前の晩、その破れ寺でなにが行われたか、直之進は隼五に語った。

「そ、そのようなことが……」

息をのんだ顔で隼五がいった。

「そうだ。源六はその破れ寺に連れ込まれ、その後、白山権現で無慈悲《むじひ》に殺された。俺たちは、なんとしても源六の無念を晴らさなければならぬのだ」

「わかりました。なんでもお話しいたします」

腰を折って隼五がはっきりといった。かたじけない、と直之進も会釈した。

「その死神だが、この店に姿を見せたのは初めてだったか」

さようです、と隼五が答えた。

「そのときほっかむりをしていたか」

「いいえ、していませんでした。そのために、手前はあの男と、前に会ったことがあると、覚ることができました」

「なんと」

直之進は色めき立った。十郎左と忠一も同様だ。

「どこで会った」

勢い込んで直之進はたずねた。

「小石川七軒町《しちけんちょう》の口入屋です」

「小石川七軒町というと……」

どのあたりなのか直之進は見当がつかない。

「多分、昨日行った巣鴨村に近いのではないかと思いますが」

直之進の後ろから忠一がいった。

「確か一橋《ひとつばし》家の抱屋敷があったような気がします」

「その通りです」

隼五が忠一の言葉を肯定した。

「町の東側に当たるのでしょうか、一橋さまのお屋敷が、でん、と建っております」

一橋家の抱屋敷があるなら、赴く際のよい目印になるのではないか。

「なにゆえ隼五どのは、小石川七軒町に足を運んだ。ここからかなりあるだろう」

「昨日と同じで、書物の買いつけですよ」

なんでもないことのように隼五がいった。

「その口入屋の親父さんは三度の飯より書物が好きで、うちの店でもよくお買い上げいただきました。ですが、残念ながら亡くなってしまいましてな。遺された蔵書の買い取りのため、足を運んだのです」

「もしや、そのときに死神に会ったのか」

さようです、と隼五が深くうなずく。

「その口入屋は安在屋《あんざいや》というのですが、手前が暖簾を払ったとき、あの男は店主と話していました。家を借りたいとか、そんな話をしていましたね」

「ほう、そうなのか」

直之進は拳をぎゅっと握り込んだ。安在屋に行って、どこに家を借りたか教えてもらえれば、死神の居場所が判明するのではないか。

「隼五どのが死神と安在屋で会ったのは、いつのことだ」

そうですね、といって隼五がしばし考える。

「あれは、三月《みつき》ほど前のことではないでしょうか。暦《こよみ》の上ではまだ春でしたが、夏がはじまろうとしていました」

　そうか、と直之進はいった。

「隼五どの、頼みがあるのだが」

「なんでしょう」

　小腰をかがめて隼五がきいてきた。

「死神の人相書を描きたいのだが、力を貸してくれぬか」

「お安い御用です」

　笑みを浮かべて隼五が請け合った。

「忙しいところ、済まぬ」

「いえ、忙しくありませんよ。ご覧の通り、あまり流行《はや》っていない書物問屋ですからな」

　今はたまたま客が入っていないだけだろう。よい書物問屋は、贔屓の客が必ずついている。板野屋はそういう者たちに支えられて、長く商売を続けているはずだ。

　忠一、と直之進は呼んだ。

「承知しております」

真剣な顔で忠一が顎を引いた。腰に下げた矢立《やたて》を外し、懐から一枚の紙を取り出した。

「あの、ここをお借りしてもよろしいですか」

書物が無造作に積んである台を忠一が指さした。

「ああ、その上で描かれるのですな。どうぞどうぞ。今、上の書物をどかしますでな」

「ありがとうございます」

筆を手にした忠一が紙を台の上に置き、隼五に目を当てる。

「では、よろしくお願いいたします」

忠一が死神の顔かたちを隼五からきいていき、すらすらと筆を滑らせていく。

半刻後、三枚ばかりの反故《ほご》を出して、人相書ができ上がった。

「いかがですか」

墨が乾くのを待って忠一が隼五に見せる。隼五がじっと見入る。大きくうなずいた。

「よく似ています」

「どれ、俺にも見せてくれ」

直之進は忠一から受け取り、人相書を見つめる。

「こんな男か……」

浮浪人の小三郎がいっていたように、坊主頭で、目がぎょろりとしている。眉毛が濃く、頬骨《ほおぼね》が張り、唇は上下とも分厚い。

「異相《いそう》の男だな……」

「そうなのですよ。絵で見るような達磨大師《だるまだいし》によく似ています」

人相書を見つめて隼五がいった。

「それで覚えていたのですよ」

「そうだったのか……」

直之進は改めて隼五に向かい合った。

「いろいろとかたじけなかった。心より感謝いたす」

「いえ、人として当然のことをしたまでです」

もう一度、隼五に丁重《ていちょう》に礼をいって、直之進は板野屋を出た。十郎左と忠一が続く。

「忠一、小石川七軒町まで先導してくれ」

わかりました、といって忠一が直之進の前に出る。

「忠一、ここからどのくらいの距離がある」

「おそらく一里ほどではないでしょうか」

「ならば、半刻はかかるな」

「かかりましょう」

直之進たちは無言で足を急がせ、半刻後、小石川七軒町に着いた。

安在屋の場所を、通りかかった商人らしい男にきいた。男はためらいなく教えてくれた。

男に礼をいって直之進たちは道を進み、すぐに見えてきた安在屋の暖簾を払った。

「失礼する」

直之進は声を放ち、薄暗い土間に立った。壁に求人の紙が多数、貼られている。

「いらっしゃいませ」

帳場《ちょうば》に座していたあるじらしい男が立ち上がり、土間の雪駄を履いて直之進たちに近づいてきた。

「仕事をお探しにございますか」

品定めするような目で直之進たちを見て、男がきく。

「いや、そうではない。人を捜しに来た」

「人を……」

意外そうな顔をして、男が直之進たちを改めて見つめる。

「おぬしはこの店のあるじか」

さようでございます、といって男が頭を下げた。

「手前はこの店のあるじで、悟之助《ごのすけ》と申します。どうか、お見知り置きを」

直之進たちもそれぞれ名乗り、秀士館の者であることも明かした。

「それで湯瀬さま、人捜しとのことでしたが、いったいどなたを」

「この男だ」

懐から取り出した人相書を直之進は見せた。

「よく見せていただけますか」

悟之助が人相書を手にし、明るいところでじっくりと見る。

「ああ、このお方でしたら、前に一度いらしたことがございます」

「家を探しているといっていたそうだな」

その言葉を聞いて悟之助が目を丸くする。

「よくご存じで」

「この男に家を周旋したのか」

「いえ、しておりません」

悟之助が首を横に振った。

「なに、そうなのか」

はい、と悟之助がいった。

「先さまがお望みの家が、手前どもが扱っている中に、なかったものですから」

「取引は不調に終わったということか」

「さようにございます」

考えもしなかった答えを聞いた。だが、直之進はすぐに頭を巡らせた。

――死神は他の口入屋にも行き、家を周旋してもらったのではないだろうか。

そうにちがいない、と直之進は思った。

「この人相書の男だが、言葉には上方の抑揚がなかったか」

ああ、と悟之助が声を出した。

「話をきいてすぐに江戸の人ではないと思いましたよ。その人相書の人は、なにかしたのですか」

「人殺しだ」

「えぇっ」

一瞬で悟之助の顔から血の気が引いた。

「ま、まことでございますか」

「嘘はいわぬ」

「あの人が人殺し……」

呆然として悟之助がつぶやく。

「それゆえ俺たちはこの男を捜しているのだ」

「そうなのでございますね。お侍はお目付《めつけ》でいらっしゃいますか」

気づいたように悟之助がきいてきた。

「いや、最初にいった通り、秀士館という学校の者だ。門人をこの男に殺されたゆえ、捜している」

「さようでございましたか……」

悟之助が納得の顔になった。

「悟之助、このあたりには、ほかに口入屋があるか」

「二軒、ございます」

「両方とも教えてくれ」

「承知いたしました」

悟之助が、二軒の口入屋の場所と名を伝えてくる。

それらを胸にしっかりと刻み込んだ直之進は悟之助に謝意を表し、安在屋の暖簾を外に払った。

十郎左と忠一とともにまず向かったのは、巣鴨原町《すがもはらまち》一丁目にある尾仲屋《おなかや》だ。

暖簾をくぐって中に入り、帳場にいたあるじに死神の人相書を見せたが、さあ、存じ上げませんねえ、とあっさり首を横に振った。

即座に尾仲屋を出て、直之進たちは隣町の口入屋に足を運んだ。巣鴨仲町《なかちょう》の口入屋で、重太屋《しげたや》といった。

「いらっしゃいませ」

土間にいた男が張りのある声を発した。

「お侍方は、仕事をお探しでございますか」

「そうではない」

かぶりを振って直之進たちが名乗ると、男も名乗り返してきた。重太屋のあるじで研七《けんしち》といった。

「おぬし、この男を知らぬか」

直之進は研七に死神の人相書を見せた。研七がまじまじと人相書を見る。

「はい、存じ上げておりますが……」

「家を周旋したか」

むっ、と声を出し、研七が警戒の色を露わにする。

「なにゆえ、お侍はそのようなことをおききになるのでございますか」

死神について直之進は丁寧に説明した。

「えっ、人殺しなのでございますか」

そうだ、と直之進はいった。

「あの人が……」

愕然《がくぜん》とした顔で研七がつぶやいた。

「俺たちは、そやつに殺された者の無念を晴らさねばならぬ。それで、行方を追っているのだ」

「では見つけたら、容赦なく殺すのでございますか」

「俺としては町奉行所に引き渡したいと思っているが、その男の出方次第だ。抗えば、成敗することになるかもしれぬ」

「その人が人殺しというのは、まちがいないのでございますか」

真剣な顔で研七がきく。

「南町奉行所に問い合わせてもらって構わぬ。俺たちは、樺山富士太郎という定町廻り同心と力を合わせて、その男の探索を行っているのだ」

「町方のお役人と……」

「そうだ」

わかりました、と研七が大きく首肯した。

「お侍を信用いたします。確かに手前は、その人相書の男に家を周旋いたしました」

「その家はどこにある」

鋭い口調で直之進は質した。はい、といって研七があらましを語った。

その場所を耳にした直之進は、やった、と内心で快哉《かいさい》を叫んだ。十郎左と忠一も同じ気持ちであろう。

「あるじ、恩に着る」

感謝の言葉を口にして、直之進は重太屋を飛び出した。

「よし、行くぞ」

十郎左と忠一に告げて、直之進は走り出した。目指すは巣鴨御駕籠町である。

忠一が直之進の前に出て先導をはじめたが、一本の道を横切ったところで、直之進を振り返っていった。

「いま巣鴨御駕籠町に入りました。昨日、話を聞いた辻番がありましたね」

「うむ、そうだったな。しかし巣鴨御駕籠町は、こんなに近かったのか」

「道を挟んで隣町のようなものですから」

それから半町ほど走って忠一が足を緩めた。直之進と十郎左もそれに合わせた。

町自体かなり広く見えるが、家はさして建て込んではいない。

「この町には、もともと公儀の御駕籠衆だけが暮らしていたのですが、ときが過ぎるとともに町家がぽつりぽつりと建つようになったと聞いています」

よその町でも似たようなことがあるな、と直之進は思った。その町にもともと住んでいた武家が困窮《こんきゅう》して土地を売ることで、町家が徐々に増えていくのだ。

なおも忠一の町の説明が続いた。

「この町には、公儀の御駕籠衆の稽古場があります。長さが一町半ほどあり、御駕籠衆はそこで鍛錬に励んでいます」

稽古場があるとは、と直之進は少し驚いた。

「駕籠をしっかり担ぐために、鍛錬しなければならぬのか」

「駕籠に乗るお方が将軍でしょうから、しくじりは許されません」

「それは大変だな。稽古にも身が入るであろうな」

——下手をすれば、腹を切らなければならぬからな。御駕籠衆が必死になるのもわかる。

それから、さらに半町ほど進んだところで、忠一が足を止めた。

「重太屋のあるじの話からして、あの家がそうではないかと思います」

五間ほど先に建つ大きな家を、忠一が指さした。周りを囲む木々が陽射しを遮っており、家はかなり涼しげに見えた。

「どうしますか」

厳しい顔をした十郎左がきいてくる。

「知れたこと。踏み込む」

「わかりました」

丹田《たんでん》に力を入れたか、十郎左が表情を引き締めた。

「死神はいるでしょうか」

家を見つめて十郎左がいった。

「今のところ、人の気配はない。だが相手は死神ゆえ、俺が感じ取れぬだけかもしれぬ」

忠一、と直之進は呼んだ。はっ、と忠一が緊張した声で答える。

「おぬしは、家の外をしっかり見張っていてくれ。もし死神が逃げ出したら、捕らえるのだ。手に余れば、斬っても構わぬ」

「わかりました」

覚悟を決めた顔で忠一が答えた。

——死神を外に逃がすわけにはいかぬ。忠一では、死神の相手にはなるまい。

直之進と十郎左は股立《ももだち》を取り、刀の下緒《さげお》で襷《たすき》がけをした。

「よし、行こう」

十郎左に声をかけて、躊躇することなく直之進は家の前に進んだ。

「品田どのは、ここから踏み込んでくれ」

戸口を指さして直之進はいった。

「わかりました。湯瀬師範代は」

「俺はそっちから行く」

直之進の目は、庭に通じているらしい小道に設けられている枝折戸《しおりど》を捉えている。

「声を上げて踏み込むゆえ、品田どのも戸を蹴倒《けたお》して入ってくれ」

「承知しました」

ややこわばった顔で十郎左がうなずいた。

「怖いか」

十郎左はおそらく実戦の経験はないだろう。

「少し……。しかし、ここは源六のためです。怖《お》じてはいられませぬ」

「その意気だ」

この男も忠一同様、死なせるわけにはいかない。死神は俺が倒さなければならぬ、と直之進は決意した。

――もし死神が抗うのなら、まことに斬り捨ててもよい。斬ってしまえば、品田どのや忠一がやられることはない。

深く息を吸い込んでから足を進めた直之進は枝折戸を開け、庭に向かった。

植栽の向こうに、濡縁《ぬれえん》がついた部屋が見えてきた。腰高障子はすべて閉じられており、相変わらず人の気配は感じられない。

――死神はおらぬのか。

だが油断はできない。こちらの気配を感じ取り、気息《きそく》を殺しているだけかもしれない。

直之進は濡縁に近づき、足音を立てることなくひょいと足をのせた。腰高障子の引手に指を入れ、一気に開けた。

中から冷たい風が吹き寄せてきた。

「覚悟っ」

怒号して直之進は部屋に入り込んだ。その部屋は無人で、空虚さだけが居座っていた。

表の戸が蹴倒される音がし、十郎左が飛び込んできたのが知れた。

直之進は十郎左のほうに行った。直之進を見て一瞬、十郎左がぎくりとしたが、すぐにうなずきかけてきた。

直之進は十郎左とともに、家の中を隈《くま》なく捜した。家財はほとんどなく、八畳間に布団が敷いてあるだけだ。

家のどこにも死神の姿はなかった。

「出かけているようだな」

歯嚙みして直之進は十郎左にいった。

「どうやらそのようですね」

悔しげに十郎左が首を縦に振る。

「死神め、どこへ行ったのでしょう」

わかるはずもなかった。くそう、と毒づいて直之進は顔を歪めることしかできなかった。

三

仕事にかかる際、普段なら夜を待って家を出るのだが、今日に限ってはいやな予感があった。

――捕手《とりて》が来るのではあるまいか。

早めにここから出たほうがよい、と判断し、ほっかむりを深くかぶった猪四郎は、陽のあるうちに家から抜け出した。

巣鴨御駕籠町の家を出て、急ぎ足で道を歩く。つまり、と頭上から強い陽射しを浴びながら猪四郎は思った。

――あの家に目をつけた者がいるということか。いったい誰が……。

誰であろうと、よほどの手練なのはまちがいないだろう。

ならば、と猪四郎はさらに考えた。二度とあの家には戻らないほうがよい。手練と鉢合わせなどしたくない。

――それにしても夜になるまで、どこかでときを潰さねばならぬな。

いま猪四郎が目指しているのは南町奉行所である。敷地内の長屋に住む珠吉を殺さなければならないからだ。

後ろを気にしてみたが、つけてくる者はいない。

――わしも、もう歳だ。珠吉を最後の仕事にすべきであろう。金も十分に貯まったしな。

今こうして生きているのが、なにか不思議な気がする。

光輪丸が沈没したあの嵐の最中、猪四郎は何度も気を失った。だが、板からは決して手を離さなかった。

嵐に翻弄《ほんろう》されつつ気を失っていたとき、猪四郎は悪夢を見ていた。うなされてもいたようだ。

殺した三人の水夫が、いっぺんに夢にあらわれたところで目が覚めた。そこは波が静かに打ち寄せる砂浜だった。

ここはもしや極楽か、と猪四郎はあたりを見回して思った。だが、そうではなかった。

海に目をやると、嵐などなかったかのように漁船が何艘も出ていた。海は微風《そよかぜ》が吹いているだけで凪《な》いでおり、嵐で船を失った猪四郎には嘘のような光景にしか見えなかった。

あのとき猪四郎は人殺しを生業《なりわい》にすることを思いついた。

この世には、自ら命を絶ちたいと願っている者がたくさんいる。その者たちの手助けをしてやるのだ。

むろん、普通の殺しも行うつもりでいた。依頼する者の注文通りに殺しを請け負うのだ。なんの根拠もなかったが、わしならできる、と猪四郎には確信があった。

それに、この手で殺した水夫たちの顔を忘れるためには、これから大勢の者を次々に殺していくしかないように思えた。

どんな殺し屋になろうと、とにかく肝心なのは、町奉行所の手の者に捕まらないことだ。

そのためには、やはり自死に見せかけて殺すのがよいのではないか。さらに、心中に見せかけるのは、手立てとしてはこれ以上ないものに思えた。

疲れ切っており、空腹を感じてもいたが、猪四郎はなんとか立ち上がった。人家を目指して砂浜を歩き出した。ふらふらで体に力が入らなかったが、なんとか道に出た。

付近に人家は見当たらなかった。村上の町が近いはずだが、と思いながら道を進んでいくと、人とすれ違うようになった。

金が要る、と思った次の瞬間、猪四郎は行動に移していた。次に出会った商人らしい二人組に襲いかかって息の根を止め、二つの財布を奪った。

もう、なにも感じなくなっていた。恐れもなかった。二つの死骸を引きずって林の中に隠した。

手に入れた二つの財布には、たっぷりと金が入っていた。

その金で猪四郎は、村上の町で身形《みなり》をととのえ、上方に向かった。金がなくなると、その都度《つど》、人を殺しては財布や巾着を奪った。

村上を出て半月後、上方に戻った猪四郎は、これまで暮らしていた大坂ではなく、京《きょう》で家を借りた。

京で殺し屋を生業とし、荒稼ぎをした。さすがにやり過ぎたか、身辺に捕手の気配を感じた猪四郎は十分に金が貯まったこともあって京を抜け出し、江戸にやってきた。

同じところにとどまれば、どうしても足がつく。

江戸に来てまだ一年ほどしか経っていないのに、もう感づかれた。やはり相当の探索の手練がいるのだろう。

――どんな男なのか……。

猪四郎は会ってみたい誘惑に駆られた。

――だが、その男に会ったときが、わしの最期のような気がする。

不意に空腹を覚えた。今は昼の八つを過ぎたくらいか。

遅い昼餉をとるため、猪四郎は目についた一膳飯屋《いちぜんめしや》に入って鯵《あじ》の干物と飯、味噌汁、漬物《つけもの》を注文した。

この店の味はまずまずだった。抜群にうまいということはないが、この前の泥うどんとは雲泥《うんでい》の差だった。

——江戸の魚はまずまずだな。

海が近いこともあって、あまりまずい店には当たらない。

屋台の寿司でも、かなりうまい店があった。

昼餉の代を払って猪四郎は一膳飯屋を出た。

その後は町をぶらぶらし、小間物屋に入っていろいろな品物を見たりした。

久しぶりに呉服屋にも足を踏み入れ、帯をじっくりと見た。よさそうなものがあったが、買わなかった。仕事の前に購入したところで、邪魔になるだけだ。

茶店で一休みし、その店のみたらし団子を試してもみた。だが、この前、日暮里で食べたみたらし団子には遠く及ばなかった。

暮れ六つになる前に、猪四郎は南町奉行所の大門をくぐった。一応、珠吉が暮らす長屋の下見をしておかなければならない。

躊躇《ためらい》のない足取りで堂々と歩く。そうしていれば、咎められることは滅多にない。

珠吉が住む長屋はどこにでもあるような長屋に見えたが、江戸の町によくある九尺二間《くしゃくにけん》のものよりだいぶ広いようだ。

——珠吉は、なかなかいいところに住んでいるのだな。

珠吉の長屋の前を離れた猪四郎は人けのない裏手に行き、そこに立っている一本の杉の木を仰ぎ見た。人目がないことを確かめるや、するすると登っていった。

下から見上げても自分の姿が見えないところまで来た。そこで登るのをやめ、太い枝の上に尻を預けた。

素晴らしい景色が眼下に広がっていた。江戸の町並みがよく見える。瓦屋根がどこまでも続いている。大坂よりかなり広いように感じた。

ここで夜を待てばよい、と猪四郎は思った。景色を眺めていれば、決して飽きることはない。

深夜九つを知らせる鐘が聞こえてきた。

——頃おいだ。

夜が来てだいぶ涼しくなり、杉の木の葉を静かに揺らす風は秋の風情を帯びていた。

ただ、風は湿り気を感じさせた。じきに雨が降り出すかもしれない。星の瞬《また》きは一つも見えなかった。

雨はいやだが、と思いつつ猪四郎は杉の木を下りた。

珠吉の長屋の前に行き、ときをかけて障子戸を外した。辛抱強くやったおかげで、なんの音も立たなかった。

障子戸には心張《しんば》り棒《ぼう》が支《か》ってあったが、そんな物はなんの役にも立たない。

すぐには長屋に入らず、猪四郎は中の気配を嗅いだ。

珠吉のものらしい、いびきが聞こえる。よく眠っているようだ。なんの警戒もしていないのではないか。

——珠吉は、わしに命を狙われていることを知らんのだから、当たり前だな。

よし、と口の中でつぶやいて猪四郎は長屋に忍び込んだ。

式台の先は四畳半になっていたが、そこは無人だった。珠吉夫婦は、隣の間を寝所《しんじょ》としているらしい。

猪四郎は四畳半を音もなく突っ切り、襖《ふすま》に手をかけた。するすると横に滑らせる。

二人が布団の上に横になっていた。こちら側には女房が寝て、珠吉はその向こう側で眠っている。

女房が邪魔だ。珠吉をかどわかすときに目を覚まされて、声を出されてはたまらない。

猪四郎は、まず女房に当身を食らわせ、気絶させた。女房はかすかにうめき声を上げただけで、がくりとうなだれた。

その上で猪四郎は女房の枕元に、封をした一通の文を置いた。

女房をまたぎ、珠吉の枕元に立った。ここで珠吉を自死に見せかけて殺してしまえれば楽だが、鉄三からは、浅草寺《せんそうじ》の五重塔の上から骸を吊るし、朝日に煌々《こうこう》と照らされる惨めな姿を、参詣に来る者たちの目にさらしてほしい、といわれている。

ずいぶん面倒な注文だったが、それほど鉄三の珠吉に対するうらみが深かったのだろう。それに、依頼者の願いを現実のものにすることも、猪四郎の仕事だ。

なにも気づかず、珠吉は軽くいびきをかいている。老体にもかかわらず、今日も仕事に精を出したのだろう。疲れ切って眠っているように感じられた。

かがみ込み、猪四郎はためらいなく珠吉の腹に拳を入れた。どす、と鈍い音が立ち、珠吉が目を開けた。あっ、という顔になり、枕から頭を上げようとする。

その瞬間を逃さず、猪四郎は首筋に手刀を浴びせた。ううっ、とうなり、手を伸ばしかけた珠吉が気絶した。

――これでよし。

気を失っている珠吉を背負い、猪四郎は裏門のほうに向かった。源六と比べたら軽いが、意外にずしりとしている。

――老体なのに……。

さすがに、いくつもの修羅場《しゅらば》をくぐり抜けてきた猛者だけのことはある。実戦で鍛え込んできたのだろう。

暗く、誰もいない南町奉行所の敷地を西へ行くと、ぐるりを巡る塀にぶつかった。この塀の向こうは広い道が走っている。

道の向かい側は摂津高槻《せっつたかつき》で三万六千石を領している永井《ながい》家と、上野高崎《こうずけたかさき》で八万二千石を食《は》む松平《まつだいら》家の上屋敷が塀を接して建っている。

よっこらしょ、といって猪四郎は珠吉を頭上に掲げ、思い切り放り投げた。宙《そら》を飛んだ珠吉が視界から一瞬で消えた。直後、どすん、という音が響いてきた。

両手を伸ばして塀に取りついた猪四郎は一気に乗り越え、ひらりと着地した。首の骨を折ってくたばってても構わないと思ったが、背中から地面に落ちたらしく、珠吉は生きていた。苦しげな顔をしていたが、目を覚ましてはいない。

――案の定だ。やはり、このくらいで死ぬようなたまじゃねえ。

猪四郎は懐から取り出した手ぬぐいでほっかむりをし、提灯に火をつけた。あらかじめ決めていた通り、珠吉をおんぶして歩きはじめる。

このまま夜のうちに浅草寺に行くつもりだったが、ふと頭に触れるものがあった。雨が降ってきたのだ。

まずいな、と猪四郎は舌打ちした。

しかも、次第に降りは激しくなってくる。この分では、明日の朝は朝日を拝めそうにない。

朝日に照らされた珠吉の骸を、浅草寺に参詣に来た者たちの目にさらすという、鉄三との約束は守らなければならない。

――日延べするしかねえな。

そんな律儀な真似をする必要もないのだろうが、これも性分だ。

――今ここで殺してしまうのも手だが……。

だが、この暑さでは死骸はすぐに腐りはじめるのではないか。すると、死臭を放つ死骸を、浅草寺に運ばなければならなくなる。

――面倒だが、生かしておくしかねえ。

仕方なく猪四郎は、巣鴨村の破れ寺に珠吉を連れていくことにした。

深夜ということに加え、雨が降ってきたこともあり、人とすれ違うことはほとんどなかった。酔っ払いも夜鷹もいない。

多くの辻番の前を通ったが、詰めている者のほとんどはいつもと変わらず眠っていた。

やがて巣鴨村に入った。その頃になると、雨はさらに激しくなっていた。

東福寺を過ぎ、破れ寺の前に立った。崩れかけた山門をくぐり、雨で濡れた石畳を踏んで本堂の前で足を止めた。珠吉をいったん地面に下ろす。

「しかし、ひでえ雨だな……」

独りごちて、猪四郎は頭を手のひらで払った。冷たい雨に打たれたせいで体が冷えて、寒いくらいだ。

——わしも柔《やわ》になったものだ。

再び珠吉を担ぎ上げ、階段をそろそろと上がった。

扉を開け、本堂に入ると、縄を使って雁字《がんじ》搦《がら》めにし、珠吉が身じろぎ一つできないようにした。猿ぐつわも、がっちりとかませた。

「さて、火でも起こすか」

寒くて体が震え出してきている。雨が屋根の穴から降り込んできているが、床板が抜けて地べたがむき出しのところに乾燥している床板などを集め、火をつけた。素っ裸になり、火のそばに着物を広げた。こうしておけば、いずれ乾くだろう。

雨が降り込んでこない場所を選び、猪四郎は横になった。

ふと『啓蒙武具大全』のことを思い出し、上体を起こして床の上を見やった。

だが、どこにもない。おかしいな、とつぶやき、首をひねった。

——誰かこの破れ寺に来た者がいたのか。そやつが持ち去ったのか……。

そうかもしれない。『啓蒙武具大全』がないことで、落ち着かない気分になった。

——そんなことで怯えていたら、殺し屋など務まらねえだろうが。

自らを叱咤し、再び横になった。目を閉じると、体が温まってきたこともあり、眠気が襲ってきた。

ふう、と息をついた猪四郎はゆっくりと眠りに落ちていった。

四

富士太郎は眠りが浅くなったのを感じた。

——誰か来たのかな。

そんなことを思いながら体を起こした。

隣の寝床に妻の智代の姿はない。もう朝餉の支度にかかっているのだろう。

富士太郎は耳を済ました。誰かが訪ねてきたのなら、話し声が聞こえてくるはずだ。

だが、それらしい声はしない。空耳《そらみみ》だったかな、と富士太郎が思ったとき、廊下を走ってくる足音が聞こえた。

そのただならない足音に、富士太郎は立ち上がった。

「あなたさま」

腰高障子越しに智代の声がした。富士太郎は手を伸ばし、腰高障子を開けた。

「ああ、お目覚めでしたか」

廊下に智代が端座している。

「智ちゃん、どうしたんだい」

すぐさま富士太郎は質した。

「えっ、おつなさんがお見えです」

「おつなが。一人で来たのかい。珠吉は一緒じゃないんだね」

「はい、お一人です」

珠吉の身になにかあったのを、富士太郎は覚った。

——まさか死んじまったんじゃないだろうね。

最悪の思いが心をよぎる。廊下を駆けるように進んで、富士太郎は玄関に出た。

雨にぬれて、青い顔をしたおつなが土間に立っていた。

「おつな、なにがあったんだい」

式台に下りて、富士太郎は問うた。

「あの人がいなくなりました」

呆然とした顔を隠さずにおつながいった。

「いなくなった……」

だが死んだわけじゃないんだ、と思い、富士太郎は少し安堵した。

「珠吉がどこに行ったかわからないんだね」

優しくたずねると、はい、とおつなが顎を引いた。

「枕元にこんなものが……」

おつなが差し出してきたのは、一通の文《ふみ》である。すぐに富士太郎は文を開いて、素早く目を通した。

そこには『死にます。捜さないでください』と書いてあった。筆跡は珠吉のもののように見えた。

でも、と富士太郎は歯を食いしばって思った。珠吉が自死なんてするはずがない。

――きっと昨夜、何者かにかどわかされたんだよ。いや、死神の仕業に決まっているよ。

「おいらたちがいま追っている死神という殺し屋の仕業にちがいないよ」

富士太郎は文に目を落としながら思いを巡らせた。

――なぜ死神は珠吉をわざわざかどわかしていったのかな。

なにゆえその場で殺さなかったのか。

――なんでそんな面倒なことをしたんだろう。

さっぱりわからないが、とにかく死神には珠吉を連れ去らなければならない理由があったのは確かだろう。

つまり、と富士太郎は思った。まだ珠吉は生きているのではないか。

――いや、まちがいなく生きているよ。珠吉がくたばるわけがないよ。

富士太郎は、なんとしても珠吉を助け出すという決意を心に刻み込んだ。

もう一度、文を読んでみた。やはり筆跡は珠吉のものに似ているような気がする。

「よし、おつな」

冷静な声で富士太郎は呼びかけた。

「今から荒俣さまのお屋敷に行くよ」

わかりました、とおつなが気丈《きじょう》に答えた。

上役の土岐之助《ときのすけ》はすでに起き出し、出仕《しゅっし》の支度を終えていた。

富士太郎はまず土岐之助におつなを引き合わせた上で、なにがあったかあらましを語った。

「珠吉がさらわれただと……」

一瞬、険しい顔をしたが、間髪を容れずに土岐之助が断を下した。

「南町奉行所の総力を結集して、珠吉を捜し出せ」

ありがたし、と富士太郎は土岐之助を拝み倒したくなるほどの感謝を覚えた。

荒俣屋敷を辞し、おつなとともに樺山屋敷に戻った。

「おつな、長屋に戻るのは不安だろう。しばらくこの屋敷にいればいい」

そうしてください、と智代も横でうなずいている。

「ありがとうございます」

疲れ切った風情のおつなが、安心したように頭を下げた。

——やはり珠吉とおつなをこの屋敷に迎えておくべきだったね。でも悔いてもしょうがない。よし、珠吉を助け出すよ。

行動に移ろうとしたとき、また来客があった。あの声は、と思い、富士太郎は智代と一緒に玄関に出た。

土間に立っていたのは直之進である。

「直之進さん、おはようございます」

富士太郎は式台に下り、端座した。おはよう、と直之進が返してくる。

「直之進さん、なにかありましたか」

すぐさま富士太郎は問うた。

「これを持ってきたのだ」

懐から取り出した一枚の紙を、富士太郎に渡してきた。富士太郎はそれを広げた。

「これは……」

人の顔がそこにあった。迷いのない筆運びで描かれたものであるのが、ひと目で知れた。

「死神の人相書だ」

直之進の説明を聞いて、富士太郎は嘆声《たんせい》を漏らした。

「よく顔がわかりましたね」

「ああ、苦労はしたが……」

どうやって死神の顔がわかったか、そこまでの経緯を直之進が手短に説明した。

「ああ、そういうことでしたか。直之進さん、ありがとうございます。助かります」

「いや、礼などいらぬ。源六の無念を晴らす。俺はその一念で動いているだけだからな」

直之進が姿勢を正し、富士太郎を見つめてきた。

「ところで、富士太郎さん、なにかあったのではないか。屋敷の中が落ちつかぬ様子だが……」

さすがだな、と思いつつ富士太郎は、珠吉がさらわれたことを告げた。

「なにっ」

直之進の顔色が一瞬で変わった。

「珠吉が死神に連れ去られたというのか」

はい、と唇を嚙んで富士太郎は答えた。

「どこに連れていかれたのか、見当もつきません」

一瞬、考えに沈んだらしい直之進がかぶりを振った。

「いや、そうでもない」

えっ、と富士太郎は声を上げた。

「心当たりがあるのですか」

「二つある」

「教えてくださいますか」

もちろんだ、と直之進が快諾する。

「一つは死神の隠れ家で、もう一つは破れ寺だ。両方とも巣鴨にある。このいずれかに、珠吉は連れ込まれたのではなかろうか」

「直之進さんっ」

富士太郎はほとんど叫んでいた。

「今すぐに連れていってくださいますか」

「もちろんだ。よし、行こう」

力強い声でいって直之進がさっと手を振った。こんなときだが、富士太郎は胸が高鳴るのを覚えた。

――ああ、やっぱり直之進さんは胸がすくほど頼りになるね。

すぐに富士太郎は土岐之助に、このことを知らせなければならないことに気づいた。その場にいた智代に、荒俣屋敷と伊助のもとに走ってくれるよう頼んだ。

わかりました、といって智代が出ていった。

それを見送った富士太郎は直之進とともに屋敷を出、道を駆け出した。

五

猪四郎は目覚めた。

刻限はまだ六つになっていないだろう。あたりは真っ暗だ。

火はもう消えていたが、寒くはない。着物もあらかた乾いていた。立ち上がり、猪四郎は着物を身に着けた。

珠吉は横になっているが、目を覚ましており、猪四郎をにらみつけてきた。

珠吉を平然と見返して猪四郎は、ふむ、と鼻を鳴らした。年季を経た町奉行所の中間というのは、眼光が炯々《けいけい》としているのだな、と思った。

——その目は、まさに泣く子も黙るというやつだな。

降りは弱まったようだが、雨はまだ上がっていない。しとしとと降り続いている。

「やはり今日は浅草寺に行っても無駄か……」

仕方あるまい、とつぶやいて猪四郎はもう一眠りすることにした。

次に目覚めたときには朝が来ており、本堂内も明るくなっていた。

「ああ、よく寝たな」

起き上がるや猪四郎は珠吉に近づいた。珠吉は横になったままこちらを見据えている。

手を上げた猪四郎はまた手刀で珠吉の首筋を打ち据えた。どす、と鈍い音がした。

驚いたことに珠吉は気絶せず、こちらをねめつけてきた。

――こんなやつは初めてだぜ。

猪四郎は心の底から驚いた。これほど気丈な男は滅多にいない。

「歳を食っている割に、さすがだな。頑丈にできてやがる」

猪四郎は珠吉の腹を数発、殴りつけた。その上で珠吉の首筋をまた打った。三度目の手刀でようやく珠吉が気を失った。

「しかしなんてしぶとい野郎だ。だがこれでいい。これだけ痛めつけておけば、しばらくは目を覚ますまい。目を覚ましたところで、動くこともできまい」

猪四郎は珠吉の縛めに緩みがないか、確かめた。きつく縛ってある縄は、どこもかたく締まっている。

——よし。

「朝飯を食いに行くか」

一眠りしたら、腹が空いていた。猪四郎は外に出て小便をした。雨はだいぶ小降りになっているが、雲は厚く、夕方のような暗さがあたりを覆《おお》っている。今日一杯、雨が降り続きそうな空模様だ。

いきなり腹がごろごろと鳴り、猪四郎は大便をしたくなった。懐紙があるのを確かめ、本堂の陰でしゃがみ込んだ。

すっきりしたところで境内を突っ切り、山門をくぐって外に出た。

小雨が降る中、猪四郎は朝のうちからやっている飯屋に向かった。

飯屋はかなり混んでいたが、長床机に座ることができた。猪四郎は鯵《あじ》の塩焼きと飯、味噌汁、漬物を注文した。

それらをがっついていると、またしても昔のことが思い出された。

京で殺し屋をはじめるに当たり、猪四郎はどうすれば依頼が来るか、知恵を絞った。町奉行所などの公儀の者に決して気づかれないように、依頼を受けなければならない。

その結果、近所にある小さな神社に絵馬をかけることで、依頼人を募るという方法を取ることにした。

猪四郎は、今すぐ死にたいと願っている者がこの世にたくさんいることを知って、その者たちの手伝いをすることにしたのだ。自害を手伝うだけなら、仮に捕まったとしても大した罪にはならないのではないか。

しかも、自害したい者の中には一人で逝きたくない者が、少なからずいることも知っていた。大勢の者が他者を道連れにするのが、その証だ。

『自ら命を絶ちたき者に告ぐ。共に逝きたき者あらば、望みに応ず。裏に住処、名を書き込むべし。死神』

こう書き込んだ絵馬を毎日きっちり一刻だけ、近所にあった賽又《さいまた》神社の絵馬掛所にかけておいた。

最初の数日は反応がなかったが、五日目に依頼者らしき者があらわれた。絵馬の裏に住んでいる場所と氏名が書かれていたのだ。

深夜、猪四郎はその家の戸口に、一通の文を差し込んだ。

『減摩《げんま》神社に行き、最も奥にある右手の灯籠《とうろう》に置かれた文を見よ』

そのまま猪四郎は依頼者の家を監視した。明くる日、家を出てきた男は文の指示に沿って、減摩神社に行き、次の文を手にした。

『御経《みきよう》神社に行き、鳥居の右側にある植え込みを見よ』

依頼者の男がそこに行くと、また文が置かれていた。

『次は幻刃《げんじん》神社の大欅《おおけやき》のうろを見よ』

そのうろにも一通の文が置かれていた。その文を依頼者の男が開いたところで、猪四郎は声をかけた。

依頼者が本気なのかどうか、そしてつけている者がいないか、確かめるためにそんな真似をしたのだ。

最初の依頼者は、好きな女と死にたいという中年の男だった。五両だ、と告げたら、用意するといった。

その後、五両を手にした猪四郎は二人を心中に見せかけて殺した。

それが殺し屋としての最初の仕事だった。

――あれから、何人をあの世に送り込んだのか……。

数え切れないほどだ。それだけ多くの者に功徳をほどこしてやったのだ。

朝餉を食べ終え、猪四郎はすっかり満腹になった。小雨に打たれつつ破れ寺に戻ったが、いきなり声を上げることになった。

「なにっ」

本堂の床に横たわっているはずの珠吉が消えていたのだ。

――どこに行った。縛めをしていたのに、どうやって外した。

珠吉を縛っていた縄は、ほどかれたのか、床に置かれていた。

誰かが助けに来たのか、と猪四郎は覚った。すぐさま本堂の外に出て、裏手に回った。

珠吉の姿はどこにもなかった。なんとしても捜し出さなければならない。だが助けに来た者がいるのなら、すぐにでも町奉行所に通報するだろう。

――こうなれば、鉄三との約束は守っちゃいられん。見つけ次第、珠吉を殺さねばならん。

懐には匕首を呑んでいる。山門をくぐり、猪四郎は破れ寺の外に出た。

小雨は相変わらず降り続けており、あたりは静けさにすっぽりと包まれている。人影はまったくない。このあたりは見晴らしがいい。誰かに連れられて道を行く珠吉の姿はどこにも見当たらない。

妙だな、と猪四郎は首をひねった。

――あの野郎、まだ寺の中にいるんじゃねえのか。逃げたように見せかけただけだ。

気づいた猪四郎は急いで破れ寺に戻った。気配を探りながら、本堂の中を捜しはじめる。

本堂の床板を剝《は》いでみた。そこに一人の男が隠れていた。怯えた目でこちらを見上げている。浮浪人のようだ。

「珠吉はどこにいる」

どすの利いた声で猪四郎は質した。浮浪人が知らないといわんばかりに首を横に振る。

どうやら珠吉は浮浪人の背後にうずくまっているようだ。

「その体じゃ、逃げても逃げ切れねえと判断したか」

「た、助けてください」

叫び声を上げ、浮浪人が懇願する。

「うるせえ」

拳を振り上げ、猪四郎は浮浪人の顔を殴りつけた。

がつっ、と音がし、ああ、とだらしない悲鳴を上げて浮浪人がひっくり返った。唇が切れたか、血がほとばしった。

それを見た瞬間、残忍な気持ちが湧き上がり、猪四郎は浮浪人をさらに拳で打った。がつっ、と音がするたびに血しぶきが飛び、それが快感となった。やめられなくなり、猪四郎はさらに拳を振るった。

そのときくぐもった声がした。珠吉がなにかいったようだ。もうやめろ、と猪四郎に怒鳴っているのが知れた。

「死んじまうぞ」

「死んだところで、誰も悲しまねえさ」

「やめろっ」

珠吉の言葉を受け入れたわけではないが、猪四郎は浮浪人を殴るのをやめた。

だが珠吉は動こうとしない。動けないのかもしれない。

「珠吉、こっちに来い」

「ならば、わしが出してやる」

両手を伸ばした猪四郎は珠吉を引きずり出した。

「今すぐここで殺してやる」

珠吉をにらみつけた。ただし、少しいたぶってからだ。

猪四郎は珠吉を殴りつけた。珠吉がたあいもなく吹っ飛ぶ。さらに数発、拳を見舞った。

珠吉が体を丸め、動かなくなった。

――まあ、このくらいでよかろう。

「覚悟しな」

珠吉に語りかけ、懐から匕首を取り出した猪四郎はそれを高々と振り上げ、一気に振り下ろした。

六

最初に行った巣鴨御駕籠町の隠れ家に死神はいなかった。家を飛び出した直之進は富士太郎とともに破れ寺に向かった。

「ここから近いのですか」

富士太郎にきかれ、直之進は答えた。

「あそこに見える東福寺の三町ほど西だ」

「わかりました」

東福寺を回り込むように道を進むと、破れ寺が見えてきた。

「あれだ」

直之進は富士太郎に教えた。富士太郎は疲れも見せず、突っ走っている。珠吉をなんとしてでも助けたいとの一心だ。

今にも潰れそうな山門を入り、本堂を目指す。そのとき悲鳴が聞こえた。本堂からだ。

——今の声は小三郎のものではないか。

直之進は富士太郎とともに本堂に飛び込んだ。男が匕首を振りかざしている。今にも珠吉を刺しそうだ。

刀を抜き、直之進は躍りかかった。直之進に気づいた男が匕首を振り下ろした。

刀と匕首では勝負にならない。源六を殺された怒りが直之進の強い力となっていた。

直之進の刀が死神の匕首を弾き上げる。死神の手から飛んだ匕首が本堂の壁に当たって、ぽとりと落ちた。

直之進をにらみつけて死神がその場に立ち尽くす。死を覚悟したような顔になった。

殺すのはたやすかった。だが直之進は死神を斬らなかった。いくら源六を殺した男といえども、丸腰のところを斬る気にはならない。

「抗う気はないか」

直之進は死神に確かめた。死神がうなずく。

「誰か知らねえが、おまえには勝てそうもねえからな。わしは無駄なことはせん」

抜刀《ばっとう》したまま直之進はそばに落ちていた縄を拾い上げ、観念したような死神を、がっちりと縛り上げようとした。

だがその瞬間、死神が直之進につかみかかってきた。直之進の首に腕が絡まる。直之進は息が詰まり、身動きできなくなった。

驚いた富士太郎が長脇差《ながわきざし》を抜き、斬りかかろうとしたが、死神は直之進を盾《たて》にするように動いて、斬撃を繰り出すことを許さない。

息ができず、直之進は目の前が暗くなった。刀も手からこぼれ落ちたようだ。

どうすればいい。考えたとき、妻のおきくとせがれの直太郎の顔が浮かんだ。

――こんなところで死んでたまるか。

手足をじたばたさせると、指になにかが触れた。脇差だ。それを抜くや、逆手に持ち替え、直之進は後ろに突き出した。肉を貫く手応えがあった。直之進は何度も繰り返し、脇差を突き続けた。

すると、死神の腕の力が緩んだのを感じた。すぐさま腕を振りほどいた。振り返り、霞《かす》む目で死神を見る。

「や、やりやがったな」

腹からおびただしい血を流して、死神が直之進をにらみつけていた。

「今のは源六の分だ」

直之進は無造作に死神に近づき、脇差をすっと前に出した。

脇差は死神の心の臓を貫いた。

「これは源六の許嫁、おこんの分だ」

死神が、かっ、と目を見開いた。直之進が脇差を引き抜くと、両膝ががくりと折れ、床の上に、どう、と音を立てて倒れていった。

床の上で珠吉がぐったりしている。

「珠吉っ」

叫んで富士太郎が抱き上げると、手に血がべっとりとついた。出血がひどいようだ。

「珠吉っ」

富士太郎は珠吉の体を揺さぶった。目をつぶった珠吉からはなんの反応もない。

どこか安らかな顔で珠吉は、目を覚まそうとしない。

「珠吉が死んじまった」

珠吉に覆いかぶさって富士太郎は悲鳴のような声を上げた。

「珠吉が死んじゃったよお」

富士太郎は大声を上げて泣いた。

「珠吉、死んじゃあ嫌だよ。起きとくれよお」

富士太郎は、なおも珠吉を揺さぶり続けた。

「旦那、あっしは生きてますぜ」

そんな声が聞こえ、富士太郎はびっくりして珠吉を見た。

珠吉が目を開けて富士太郎を見つめている。

「珠吉、生き返ってくれたのかい」

富士太郎を見て、珠吉が苦笑する。

「もともと死んじゃいませんぜ」

「でも血がひどく出ているよ……」

「床下で気を失っている男の血ですよ。小三郎さんというんですが、死神にこっぴどく殴られて、その血をあっしは浴びただけですよ。あっしもさんざんやられたから、ちっとは血が出ているでしょうけど……」

「そうだったのかい」

ああ、よかったあ、と富士太郎は胸をなでおろした。

そばに直之進が寄ってきて、富士太郎と珠吉を温かな目で見下ろしていた。

珠吉をかたく抱き締めながら富士太郎は直之進を見上げ、にこりとした。

「死神はあの世に行きましたか」

ああ、と直之進が答えた。

「今頃、閻魔さまににらまれているのではないか。きつく仕置をされているだろう」

「閻魔さまには存分にやってもらいたいですね」

「まったくだ」

その後、床下の浮浪人を助け上げ、富士太郎たちは破れ寺を出た。富士太郎は珠吉に肩を貸した。

道を歩きはじめると、空が晴れてきた。

「いい天気になりそうだな」

空を見上げて直之進がいった。

「ええ、本当に」

透き通った秋のような陽射しが降ってきた。先ほどまでの雨で、一気に季節が進んだようだ。

――珠吉が生きていてくれて、本当によかった。

珠吉の重みを心地よく感じながら富士太郎はゆっくりと足を運び続けた。

この作品は双葉文庫のために書き下ろされました。

双葉文庫

す-08-51

口入屋用心棒《くちいれやようじんぼう》

五重塔《ごじゅうのとう》の骸《むくろ》

2024年2月14日　第1刷発行

【著者】
鈴木英治《すずきえいじ》

【発行者】
箕浦克史
【発行所】
株式会社双葉社
〒162-8540 東京都新宿区東五軒町3番28号
［電話］03-5261-4818(営業部)　03-5261-4868(編集部)
www.futabasha.co.jp(双葉社の書籍・コミックが買えます)
【印刷所】
中央精版印刷株式会社
【製本所】
中央精版印刷株式会社

【フォーマット・デザイン】
日下潤一

ISBN978-4-575-67191-9 C0193
Printed in Japan

口入屋用心棒

五重塔の骸

鈴木英治

双葉文庫